海外华人名家散文

废墟曾经辉煌

[加] 张 翎 —— 著

浙江文艺出版社

版权合同登记号：图字：11-2018-304 号

图书在版编目(CIP)数据

废墟曾经辉煌 / (加)张翎著. —杭州：浙江文艺出版社，2019.4

ISBN 978-7-5339-5544-1

Ⅰ.①废… Ⅱ.①张… Ⅲ.①散文集—加拿大—现代 Ⅳ.①I711.65

中国版本图书馆 CIP 数据核字(2019)第 000995 号

责任编辑　张　雯
装帧设计　私书坊_刘　俊
责任印制　张丽敏

废墟曾经辉煌

[加]张　翎　著

出版　浙江文艺出版社
网址　www.zjwycbs.cn
经销　浙江省新华书店集团有限公司
制版　杭州天一图文制作有限公司
印刷　杭州印校印务有限公司
开本　880 毫米×1230 毫米　1/32
字数　175 千字
印张　8.125
插页　2
版次　2019 年 4 月第 1 版　2019 年 4 月第 1 次印刷
书号　ISBN 978-7-5339-5544-1
定价　38.00 元

在旷野之地行走

我开始在海外认真连贯地写作，至今也有二十多年了。这二十多年里，我一直专注于小说，很少染指散文，主要有如下两个原因。

其一是因为对时间分配上的吝啬。在很长的一段时间里，我饭碗里的粮米都不是来自写作的，我从年头积攒到岁尾那点可怜的稿费，通常还不够一张国际往返机票。幸好我谋生另有招数——我做了十七年的听力康复医师，用薪水来养着我的写作梦。在那漫长的十七年里，我一天的时间被谋生啃去了最肥硕的一块，剩下的那一小块再被家庭、社交、旅游、阅读一一瓜分，最后留给写作的大概只剩下碎渣了，我只舍得把它喂给小说。

我极少写散文的另外一个原因是惧怕——散文世界让我感觉不安。在小说的天地里，我把我自己的看法小心翼翼地掩藏在我的人物身后，他们说着貌似他们自己的话，做着貌似合乎他们性格逻辑的事，我始终站在他们身后的影子里，尽量不暴露出自己的态度和姿势。当然也有情绪激动的时刻，一不小心漏出些蛛丝马迹，我也总是扯着一额头青筋，百般抵赖，死不认账，把一切责任推到我的人物身上。他们是我的掩体挡箭牌雨伞，替我遮挡着各种质疑和攻讦。我只需要带上自己的眼睛和耳朵却不需要带嘴，因为我成功地把我的嘴移植到了别人身上。我用我的眼睛看着世间五花八门的怪诞现象，用我的耳朵听着世间嘈嘈杂杂的纷乱声响，把我看见的和听到的用别人的嘴转述出去，他们在替我负着本该我负的责任，挨着本该我挨的刀枪。在小说的世界里，我感觉既过瘾又安全。

而散文的世界则全然不同。我似乎行走在一片旷野之中，大至三观（假如真有这个概念的话），小至审美标准甚至个人情趣癖好，都将无遮无拦地落入别人的视线中。失去了虚构这道巨大的屏障，我突然意识到我再也无法把我的嘴安放到别人身上，我得为我说的每一句话，甚至为自己的沉默，背负起所有的责任。其实重量并不足以让我止步，最让我忐忑不安的是我多年养成的隐私观，它如细鱼骨扎在我的喉咙上，咽不下去，也吐不出来。我总觉得有些个人观点是内衣，只适合晾在后院，而不适宜晒在大街上。于是我在散文的世界之前三思而行，举步维艰。

就是因为这种踌躇思量，使得我把自己深藏在小说的虚构屏障之后，而极少步入散文的旷野。在以往的二十多年中，我积攒起来的散文（除了近年的几篇大文化散文之外）只有这么薄薄的一本。也许正是因为数量上的稀少，这平生第一本的散文集子，就有了一些格外的意义——至少对我个人。

这个集子里收录的文章，是散落于过去二十多年漫长岁月之间的，最早的篇章应该写在二十世纪九十年代初期。用现在的眼睛来读那个时代留下的情绪，只觉得恍如隔世。二十多年里无论是时代还是个人生活都已经发生了巨大的变化，隔着这道宽阔的时光壕沟来看那时的文章，我发现了自己的成长。那些起步时的脚印是摇摇晃晃不成形状的，但它们依旧是我的脚印。那些脚印叫我看见了自己曾经行走过的路，就知道今天的我是有来路的。来路珍贵，值得记录。

张　翎

2018 年 12 月 12 日

目　录

雪泥鸿爪

我至今还处于出发了却尚未真正抵达的状态。

朝花夕拾

人和土地之间也是有血缘关系的，这种关系就叫作根。

书言书语

我在孜孜不倦地书写那个我一直都在逃离的地方。

雪泥鸿爪

通往桃花源的路曲折漫长，走了整整半辈子，归程却很短，只需要一道弯。

成都散记

衣·色

正值盛夏，所有属于这个季节的花草，都从每一个狭小的空间里探挤出身子，于是，成都的街头就有了许多浓郁的颜色。浓郁的颜色是这个季节的常态，每一个南方都市里都有这样的花态树影。花草让我感受了季节的热烈，可是花草并不足以让我这个远方来客惊讶。

让我惊讶的，是在浓郁的花影里穿行的女子。成都女子衣着的颜色很多也很杂，淡蓝色、浅紫色、粉红色、丁香色、淡绿色、藕荷色……几乎聚集了阳光催生之下所有花朵的颜色。可是又不止这些。水乡雾气里长大的成都女子，在日复一日年复一年的文化浸润中，学会了把浓郁漂洗成淡雅。淡雅的衣装在热烈的树影花丛中缓缓游走，花和树突然都成了陪衬。其实年年报纸杂志上大谈特谈的国际流行色，早已被成都女子淡化为日常。

这个季节时兴一种简洁的连衣裙，无袖，腰短短地提在腹上。穿上了，露出两只莲藕似的臂膀，一段雪白的颈子，两条母鹿一样的腿，人便瞬间颀长起来了。跟团的小田穿了一件这样的衣裙，紫丁香般娉娉婷婷地走进车里，一车便都是清晨乍醒的清凉。

便都说，这一街怎么都找不到一个胖子呢？

住·行

住在锦里客栈。

是民居。有些像北京的四合院。厚厚一扇木门推进去，三面是房，中间一眼天井。门、窗、家具都雕了花，连纸糊的灯罩上也细细地描了花，是虫鸟。明知道是仿制的，见了却依旧抑制不住地欣喜。院落里有两副石头桌凳，一副在门厅，一副在天井。门推起来吱呀有声，谁进谁出都知道。夜归的客人依然沉浸在白日的情绪里，久久地围坐在石桌旁不愿离去，笑语叹息清晰可辨，突然间就有了旧日邻里相处的意境。虽然也明白这邻里相依的氛围是营造出来的，却也是一种久违的亲切。

清晨是逛锦里的最佳时间。这时游客的脚印还没有把青石板路踩脏，照相机的闪光也还没来得及舔上古墙，街道依然还处在乍醒的懵懂之中。早起的人在大桶大桶地泼水，用竹制的扫把哗哗地扫街——为清洁，也为阴凉。我们蹚着积水走过，看每一块刻着文字的砖匾，仿佛都有了一种隔着岁月的朦胧，手脚突然变得小心翼翼起来，生怕一不小心就碰碎踩裂了一片久远的文化。

街角有家小吃店。店尚未开门营业，一面蓝色的小旗，却早已醒醒地探出窗口，旗上的绣字是：撒尿牛丸。莞尔之后，意识到幽默也是巴蜀文化的一种。

离开锦里的那一夜，正值星巴克咖啡馆开张。在蚊虫的嘤嗡声中坐在川式的庭院里喝着冰摩卡，便生出一种不知身在何处的怅然。

食·艺

关于成都的吃，在来之前就听说了许多，当然是色味之类的话题，所以基本是有备而来的。真正让我这个外乡客惊讶的，并不在吃什么，而在怎么吃。

成都人把吃做成了艺术。凉菜放在白色的方碟子里，红绿相宜，阵势变换无穷，曰"八卦""龙门阵"。一盘放置在竹篓里的肉串，名为"草船借箭"。街角的一个小饭馆，取名为"三顾亭"。一本《三国演义》，在饭桌上被演绎得热火朝天。

精彩当然不完全在桌上，桌旁还有许多景致。那斟茶的年轻人，把一个长嘴茶壶玩弄得如同一条贴身缠绕的蛇，在肩背手臂间飞舞旋转——却是滴水不漏。挖耳的是一位略微年长的，手里捏着一根竹签，签头上缠着一团甚是粗壮的棉球。棉球是旋转着进入耳道的，灰暗的灯光里，凭借的全是手感。手法自然是极为娴熟的，旁观的人却难免有些胆战心惊。棉球在耳内旋转了一些时候，师傅就拿了一条细铁棍，在耳畔敲击着，在不绝如缕的余音里，客人的脸上渐渐地有了睡意——旁观的人终于彻底地放下了心。

　　还有许多的表演。顶灯里的那个泼辣媳妇和窝囊丈夫，川剧女子的细高腔和生动表情，都让我印象深刻。可是真正可以用震撼来形容的，却是变脸。那瞬息万变的精彩，是色彩光线速度的极致组合，仿佛由一种来自天外的灵性所致，非人间常理可以描述。

　　走过了世间的许多地方，也尝过了世间的许多菜肴。说不出川菜是否最对我的胃口，可是成都人无疑把食和艺的组合推到了一个巅峰。

青岛情怀

青岛，青谓色，岛寓水，顾名思义，应该是一个充盈着水色的城市。

我的青岛情结始于1980年。那一年我在南方一所大学读书，和那个年代的大多数年轻人一样，简单，贫寒，但有诸多梦想。

那个夏天，我和同学捏着一张从助学金里仔细地挤出来的十元票子，开始计划人生的第一次长途旅行。我们不约而同地想到了青岛，那个被水色充盈的城市。

那时从上海到青岛最合宜的交通工具是轮船。那次航程给我留下的唯一记忆是翻江倒海般的晕船经历。只记得旅途中天和地、水和船、头和脚几乎在片刻不停地交换着位置，而嘴巴和胃一直在进行着艰难的博弈，嘴巴无数次败下阵来，眼看着胃的内容从自己的堡垒中成功突围。船抵岸后我们步行了很久，才找到了一家愿意接待暑期学生的军区招待所。房间很小，却密密地挤了六七个人。邻床的牌局喧嚣地持续到深夜，然而清晨的第一丝海风却立刻舔醒了我们。沿着栈桥我们来回行走了一整天，看着太阳从海中渐渐生出，又被海渐渐吞噬。我们赤脚穿行在礁石之间，捡拾海菜和贝壳。后来那些形状各异的贝壳跟着我走了许多的路，才渐渐丢失在无数次搬家的过程中。

那次的行程中我留下了一张当年还很罕见的彩色照片。归程里我无数次观赏着这张景色有些灰蒙蒙的照片，有些兴奋，也有些遗憾。兴奋的是我终于看到了海，遗憾的是我只看到了海。从照片来看，这个名字里蕴涵着颜色的城市，其实没有多少色彩。海是灰蓝色的，街是灰蓝色的，公共汽车是灰蓝色的，连沙滩上的游泳衣，也大多是灰蓝色的。

数年以后我告别了大学时代，走出故土，来到大洋那一岸。在彼岸，我生活了很久，关于故土和青春的记忆渐渐被时空风化销蚀。青岛自然也不再徘徊在我的梦中。

直到2003年，我受国务院侨办邀请，参加海外华文作家观光采风团，再次来到青岛。

正值一年一度的啤酒节，空气很轻，飘浮着隐隐约约的醉意，每一次呼吸，肺里都会充盈着麦子变为酒之后的特殊甜香。再次走过栈桥，天依旧，海依旧，街市却不再是那样的街市了。过生日的孩子举着红绿气球轻而易举地瓦解了我们的队伍，拍照的新娘提着洁白的裙裾一次又一次地演习着一生中最为灿烂的微笑，新郎则藏在深浅不一的西服里，小心翼翼地献着单身生涯中的最后一次殷勤。远处海滩上移动着的是样式和颜色都很喧嚣的泳衣。在音色浓烈的人流中，我突然有了一种恍如隔世的陌生和失落。

　　走出啤酒节的狂欢人流，回到下榻的华侨国际宾馆，已是夜了。掀开窗帘，眺望远处鳞次栉比的白色红色别墅，看着霓虹灯一片一片地亮起，与街灯高高低低地衔接着，一路铺往天地交会之处，听着车龙带着一日的疲惫懒散地驶入暮夏的热流中，不禁庆幸我对青岛残缺不全的记忆，终于在二十多年以后有了一些填补。

梦中高原

　　2003年8月，我应邀参加海外华文作家观光采风团，与来自美国、澳大利亚、新西兰、比利时、菲律宾及泰国的十位同仁一起，从广东沿海出发北上，至青岛、青海，然后抵达北京。十天的行程中，感受良多。然而印象最深的，应该算在青藏高原的那几个日夜。趁着记忆尚鲜活之时，将青藏高原的数件趣事记录下来，与大家分享。

　　在飞机渐渐接近西宁国际机场的时候，一路的笑语喧哗突然安静了下来，我听见了自己狂野的心跳。地貌的变化本来是预料之中的，然而青藏高原依旧在第一眼里就给了我一种意外的震撼。山峦在下午的阳光里变幻着层次和色彩，线条是如此的分明和刚硬，毫无逢迎之意地把一切过渡部分通通抹去。满地都是狭长的植被，一些极绿，一些极黄。同伴告诉我，那黄的是正在凋谢中的油菜花。想象中，青藏高原应该是一片无边的苍凉，没有想到暮夏的日子里竟还有如此欢愉鲜活的色彩。

我们下榻在青海宾馆，那是当时青海全省唯一的四星级宾馆。大堂灯火辉煌，室内的设施却已相当陈旧，服务员的表情里明显地带着沿海地区少见的直截了当。然而追寻都市文明并不是此行的目的。在极具青藏特色的晚宴上，在主人绘声绘色的描述中，我们的心早已恍惚地飞离都市，飞到那片离天很近、离地很远的地方。那个晚上，在极度的疲惫中，我却迟迟难以入眠，心在期待中温柔地颤动着。

次日清晨的第一站是塔尔寺。塔尔寺是为了纪念藏传佛教格鲁派（俗称黄教）的创始人宗喀巴而建的，坐落在青海省湟中县鲁沙尔镇西南隅的莲花山坳中，藏语称"衮本贤巴林"，意为十万佛像弥勒洲。塔尔寺始建于明洪武年间，最盛时有殿堂八百多间，占地达一千亩。

在寺前，我们见到了此行的导游雪儿达娃（藏语意为蓝色月亮）。和她的名字一样晶莹透亮的是她年轻的微笑。雪儿十八岁，旅游学校毕业，讲一口流利的汉语，也略识英语和日语。雪儿穿着一件绣满金花的藏袍，颊上挂着两朵高原红，辫子上的银饰物在她步子的间隙里发出轻轻的震颤。雪儿带领着我们在大小金瓦殿、弥勒殿、释迦殿、文殊菩萨殿和四大经院间穿行，每一片金墙绿瓦上都写满了年月和历史。雪儿的声音如珠玉在午间静谧的四壁中飞溅。虽然行前就已经知道了进入寺院的某些禁忌，在酥油灯剪出的肃穆庄严中，我们还是感到了脚步的拘谨和惶惑。

在金瓦殿门前，我们遇见了一群藏族妇女，衣鞋头脸上沾满了长途跋涉的泥尘。她们用两块几乎磨穿了的布片垫住手掌，在寺院门前的台阶上全身匍匐在地，一次又一次地磕着长头。在磕长头的空隙里，我终于有机会和其中的一位搭上了话。她通过雪儿对我说，她一生的愿望就是磕足十万个长头。"祈求什么呢？"我无知地问。她笑了，露出两排粉红色的牙龈："来世依旧转世为人。"我默然。十万个长头将铺到天地的哪一方呢？她似乎读懂了我的疑惑，指了指手里的念珠，说每五个头是一颗珠子。她手里的珠串很长了，却还不够长。我知道她还有很远的路要走，为了一个简单得几乎可以称为幸福的信念。

　　走出寺院的时候，雪儿腰间一柄小巧玲珑的手机响了起来，接完电话她眉眼里盈盈的全是笑意："塞赤活佛答应和你们见面了。"雪儿说塞赤活佛是地位仅次于班禅的一位大活佛，平日深居简出，极少与外人会面。这次的破例与其说是因为我们的特殊身份，不如说是因为他与雪儿的私交。我们的行程里原本并没有这个安排。我们被这个意外击中，一时喜形于色。雪儿张罗着带我们去买送给活佛的哈达。"这叫请，不叫献。活佛祝福过后，是要还给你们的。"雪儿认真地纠正着我们。想起"文革"中请宝书宝像一说，我们忍不住莞尔一笑。"白色的代表纯洁，蓝色的代表吉祥，黄色的代表高贵。"店员仔细地帮助我们挑选着哈达，同伴们在纯洁、吉祥和高贵之间长久地犹疑抉择着，最后终于决定三样都要。出售哈达的店铺与寺院之间几乎是一步之遥，这样的地理位置本该引起的另外一些猜疑，被我们轻而易举地压抑住了，俗世的猜测是在下山的路上才渐渐浮上心头的。

　　带着五颜六色的哈达走进塞赤活佛的住处，侍童进去通报，我们的声音立时低敛了下来。脱鞋。将所有手携之物留在门外。

跨过门槛（藏俗不能踩在寺院的门槛上）。身穿红黄相间袈裟的塞赤活佛已在门内静候。活佛三十多岁，博学，精通数国语言，睿智祥和的脸容瞬间照亮了原本光线昏暗的房间。在闪光灯交织出来的声响和光亮中，他安然端坐，在世界之中，又在世界之外。他和每一个人合影，替每一个人摩顶祝福。我听不懂他的藏语，也不相信佛教。然而在他低缓的祈祷声中，却觉得有平安如水流过欲望丛生的心间。同伴们开始取下随身饰物，放在活佛面前，乞求祝福，谓"开光"。同行的领队是位年轻男士，却也取下自己的眼镜，放在一堆女人的零碎中。再戴上时，高原的街景有了不同的层次和色彩。"清晰多了。"他感叹着，众人便笑。

下一站是日月山和青海湖。车经过一家帐篷宾馆时，速度渐渐缓慢了下来。这时我们听见了歌声。那不是寻常意义上的歌声。无曲无调，没有任何乐器伴奏，却极为高亢自由，与四野浑若一体，宛如天籁。车停下，便有一群年轻的藏族男女飞奔而来，向我们献上了白色的哈达，黑漆的托盘中盛了三大碗青稞酒。在这样浓烈的好客美意中，连最不能喝酒的我，也尝过了这高原上家家必备的御寒美物。酒极好，流过喉咙时是一种清纯的甜香。我喝过了我的酒量，却没有醉。

然而酒和哈达只是前奏，真正的迎宾内容却是歌舞。歌词都是藏语，舞蹈却是不需要语言的。带了酒意的眼中看见了许多翻飞的红袖和踢踏的马靴。歌是旋风似的那种歌，舞也是旋风似的那种舞。后来，旋风刮到了我们中间，我们也情不自禁地成了旋风的一部分。我们惊异地发现，歌舞原来是一种无师自通的本能。

到达日月山的时候，天渐渐阴暗了起来。日月山是大唐文成公主和亲进藏的途经之地，山下有一条叫倒淌河的河流，传说是文成公主的眼泪汇成的。文成公主不愿让远在长安的亲人知道她的忧伤，于是下令让河流逆向，就有了这条从东往西流的河。我很早就在知名海外女作家严歌苓的小说《雌性的草地》中知道了这条河流。那部小说带给我的心灵震撼在许多年后依旧余波不息，所以日月山和山下的那片土地也是我多年追寻的梦。可是在下车的时候我突然感觉肺部急剧疼痛，呼吸艰难了起来。在3510米的海拔线上，高原反应毫无先兆地击中了我。我原为日月山而来，却最终与日月山失之交臂。躺在车椅上，我隐约看见了远处文成公主的塑像，温婉软绵的，富态的，衣裙飘飘的，看不出是悲是喜。如果战事都以这样的方式平息，各国的版图上大约会增添出许多河流的。我想。

我在车上躺了半个小时，便渐渐地恢复了。车离开日月山，向青海湖驶去。到达青海湖边的时候，一天的阴云已经化成了雨。这个在晴朗的日子里如明镜般的湖泊，在雨中却成了一片硕大漠然的灰暗，仿佛是天穹在地面上的延伸。风起来，雨落在身上就有了早来的寒意。我们如惊鸟似的往车里跑去，途中遇到了一群极是天真活泼的孩子。孩子们朝我们招手尖叫着，脸儿在风中冻得绯红，鲜艳的藏袍上已经有了星星点点的泥迹。这样的色彩和背景的组合是高原留给我们的属于白天的最后印象。我们不约而同地举起了手中的照相机，拍下了一张没有经过任何人为调教的照片。

离开高原的那一晚，好客的主人自然一如既往地劝着酒菜。

那天饭桌上的人都说了些平日里不说的话。那些话在低矮拥挤的都市里听起来可能有些酸，在高原上听起来却是如此的自然。我们这一伙人来自世界的七个国家，大多是初次相识。由于一次偶然的机会相遇了，生活的轨道从这里分开，也许还有长长远远的并行，也许永远不再交会。然而总会有一天，在惯性生活的某个链节上，我们还会想起高原上曾经有过的一个夜晚。

那一个夜晚，月亮很大。

我们喝了一些酒。

也说了一些真话。或许是，蠢话。

庐山珍珠

2010年夏天,我上了庐山。

这不是头一次上庐山。八年之前,我也曾和友人一起上过山。那时,我刚刚经历了一次大手术,身体还处在创伤和恢复之间的那个尴尬地带里。一路上,强壮的好奇心和不那么强壮的肉体在进行着一个又一个回合的争战,高山流水的景致最终只成为一场场战役之间支离破碎的记忆。那一次,我的脚进了山,我的眼睛却没有进山。虽然在友人的呵护下,我也勉强抵达了山巅,我却没有真正看见山。

这一次上山,是为了参加一个国际写作营。好奇心依旧,身体却比彼时强壮了许多——可是我依旧不敢鲁莽。一个在文字筑就的空间里可以驾着想象的羽翼无所畏惧地横冲直撞的人,对自己的体能却始终心存一种毫无自信的恐慌。所以我几乎没有任何挣扎地放弃了第一天的登山,小心翼翼地为第二天保留着自己的心神和体力。晚上睡下的时候,心就已经开始温柔地悸动。我知道，一桩渴想了多年的奇遇，就要在天明时成为现实。

早晨起床，天晴了。路上每一块鹅卵石，树上每一片叶子，每一朵花，都有着前一天不曾有的清丽——那是夜雨洗刷之后的痕迹。阳光被树枝剪成细长的白丝，落到身上时，竟失却了夏日该有的劲道。路边一棵大树上，有一只鸟在聒噪，尖厉的嗓音在我的耳膜上钻出一个个洞眼。我捡起一块石头扔过去，鸟嘎的一声飞走了，惊起一团落叶，空中便都是凌乱的翅膀刮痕。

刹那间，我觉得有一种时空错乱的惶惑。我隐隐看见，一个名叫赛珍珠的金发碧眼的美国女孩，被一个梳着髻子的中国女仆牵领着，从小径的那头慢慢地走过来。那是同样一个残留着夜雨痕迹的早晨，那是同样一棵藏匿了尖厉鸟噪的大树，女孩捡起了同样一块石头，扔向了同样没有一丝瑕疵的蓝天。

哦，不，怎么会是同样的一片天呢？我头顶的这片天，离她在那个早晨见过的那片天，已经老了一百多年。我看不见天的倦容，天却叫我借着树的皱纹，知道了它自己的苍老。

就是在这样恍然的心境里，我走进了牯岭的赛珍珠故居。

沿着弯弯曲曲的石阶，我走进了那座多次蛮不讲理地闯进过我的想象空间的石屋。石头已经被一个世纪的风雨磨去了当初的生愣棱角，如今是一派浑圆安详。墙上的青苔固执地缄默着，持守着石屋里的一切古旧私密。可是并不是每一样东西都像青苔那样守口如瓶。比如起居室里的那台钢琴，它其实一直都在泄露着曾经从赛珍珠的指缝里流出来的一个又一个音符——当然只向那些长着为天籁而生的耳朵的人。仆人屋里那块用来做床的门板，也是经不起追问的。我坐上去，它就迫不及待地发出吱呀的声响，告诉我王妈在那张床上讲给小珍珠听过的，那一个又一个的乡野故事。书房里那台生满了锈斑的打字机，更是饶舌的。它向每一个朝它投去窥探目光的游客，叨叨絮絮地述说着赛珍珠在上面敲下的每一个字。假若你再走近一些，你兴许就会听见赛珍珠在灵感的间隙里留下的轻若柔丝般的叹息。

我的脚极为小心地踩过砖地，怕我的粗莽会抹去赛珍珠留在岁月积尘里的脚印。我的手轻轻地拂过油腻发黄的墙壁，试图在层层叠叠的游客掌纹里，寻找赛珍珠留下的指纹。我的眼睛带着湿润的感动，扫过餐桌上的那根残烛。尽管我明白那只不过是一样吸引游客眼球的替代品，我仍然忍不住想知道：赛珍珠双手合十地对着这根蜡烛和她的上帝亲密私语时，从她的唇间滴落的，该是什么样的青春迷茫、人生感叹和艺术冥想？那些永不为后世所知的密语里，到底有没有过徐志摩的名字？

我的目光渐渐移到墙上那张黑白照片上——那是年轻时的赛珍珠。一张瘦长的脸，一头浓密的鬈发。高颧骨，深眼窝，笔挺的鼻梁，丰润的嘴唇在嘴角的会合之处形成两条刚硬的笑纹。似乎在那个时候，她就已经预见到了她将在两片都被她称为祖国的土地上，承受两种文化两样民情的痛苦挤压。这两片土地，都曾像家人一样地爱过她，又都曾像外人一样地防过她。所以她早早地备下了这样的刚毅，来应对日后的误解和艰难。她不后悔，因为这两片土地给了她远超乎常人的丰盛滋养。她很早就懂得：生活给予的每一样东西，都有代价。上苍洒落在她手心的恩雨，总有一天，她得悉数还给大地。

其实那张照片里最让人过目不忘的，是她的眼睛。那绝对不是一双妩媚的眼睛。在那双几乎超越了性别的眼睛里，我找不到任何谄媚讨喜的东西。那双眼睛深深地、远远地看着世界——一个被战乱和灾荒撕扯得千疮百孔的世界，带着一丝地老天荒的悲悯和无奈。那样的眼神让一个女人在还没有真正年轻过的时候，就已经苍老了。突然，我听见了一阵电闪雷鸣铁马金戈的声响——那是我的目光和照片里的目光，隔着将近一个世纪的时光，在一座叫庐山的山野上怦然相撞。刹那间，横亘在我们中间的一切时空阻隔轰然倒塌，在飞扬的尘土里，我触摸着了她灵魂的搏动。

原来，引领她千里万里来到这片山水，让她伏在打字机前度过一个又一个月白风清的夜晚的那片魔力，今天也引领我爬上了同一段山路。两个生命，借着同一种爱和怜惜，在这座石屋里相逢——爱山，爱水，爱所有和山水相连相依的一切。怜惜生命，怜惜土地，怜惜土地上苦苦耕耘的人们。

我知道，这一次，我真正到过了庐山。我的脚，还有我的心。

岭南行

当那辆载着几十位文友的大巴喘着粗气朝广州驰去，丢下我站在一片陌生的开平村落里时，外表镇静的我开始有了第一丝的恐慌。当然，我把恐慌藏掖得很好。留在这个村里是我一路上的盘算，我的计划正在一步一步地实施。

幸好，有少君和雅琴在身边——他俩是一地陌生中仅有的熟稔的参照物。

太阳已经不在天正中了，眼下最关键的是定下过夜的住所。下车的地方就有家饭庄，拉客的人殷勤地告诉我们楼上有住所。两间屋，三张床，正好装下一男两女。我们提着行李走过窄窄的楼梯和一条堆满了杂物的昏暗过道，就来到了二楼的住所。房子大概是刚修整过的，门框还是未上过漆的裸木，屋角里看得到木屑和干成了块的水泥。床是小床，蚊帐在头顶低低地绾了个结，像是女人蓬松的发髻。床头有一个塌陷的枕头，竹席上有一些可疑的褐色斑迹。我用眼角的余光看见了少君和雅琴脸上的犹豫。

他俩的犹豫是常人该有的犹豫，而我的坚决却是另有私情的——那阵子我在废寝忘食地写长篇小说《金山》，故事的背景就在开平的乡野，我是决不肯放过任何一个接近开平的机会的。少君是我多年的文友，被我苦苦央求下车来做一回大侠，陪伴我的乡野之行。而雅琴则是暨南大学文学院王列耀教授的高足，正好是广东人，听得懂当地方言，是我从列耀手里强取豪夺来做我的耳目的。我对他们的复杂表情视而不见，如果有照相机把我那时的脸部表情定格下来，一定是一丝刘胡兰面对铡刀的勇敢和决绝——因为这是我在广东的最后一次机会了。

拉客住店的是个三四十岁的男人，姓黄，名字记不得了，姑且叫他阿黄吧。阿黄高颧骨，深眼窝，面皮被南中国的太阳舔得黧黑。爱笑，笑起来露出一嘴屎黄的烟牙，憨厚而友善，让我想起我即将完稿的小说里那些淘金修铁路的岭南汉子。

阿黄把我们的行李锁妥了，就领我们上了路。

已经是11月初了，在多伦多应该是大雪压枯枝的时节了，而岭南的太阳却依旧像钩子，一钩一钩地啄得人遍体生疼。阿黄走得兴致很高，他说他有一个堂叔是早年华工的后代，他可以带我去见他。我的步子就没有阿黄那样的热切了。这几年为《金山》做了许多案头调研，也采访了一些先侨的后代，得出一个经验是：其实后代对先辈的回忆，常常是凌乱模糊不确定的，真正拿来做书骨架的那些资料，是在档案馆和书面回忆录里——那些是经过了反刍和考证的记忆。我的故事框架都已经构造完毕，我所需要的，是把我的人物从脚手架上抬下来，结结实实地安放在岭南的泥土里，接一口地气。所以我更感兴趣的，是开平乡间的土地和那地上衍生着的万物。

放眼望去，阳光把视野里所有的颜色都抹去了，只留下一片割眼的白。田埂两边的庄稼都已经收完了，如今种的是阔叶的菜蔬。路边是茅草一样茂密的竹子。岭南人爱竹，房前屋后路边水旁到处是竹。竹有多种，有高的矮的瘦的粗的，还有一种身上长满了刺，是乡人栽在门前防贼的。竹子长命，通常能活几十年。竹子开的是一种小白花，岭南人叫它"竹米"。寻常的植物都在青春时节开花，但轮到竹子开花，就是它生命的绝唱了，所以乡间盛传"竹子开花，改朝换代"的说法。

除了竹子，路边也长满了各样的树和花。榕树、芭蕉和扶桑是我认得的，还有许多我不认得的，问了阿黄，阿黄竟然也叫不出名字。岭南人长年生活在温热的气候里，在地上插根棍子都能发出芽来。日子久了，并不把那些肥硕的植被当回事，倒是我这个在北国居住了多年的人好奇，见一样，问一样，问到阿黄烦。

又走了一程，我在路边发现了一株很奇特的树，开着的花仿佛是细丝带卷成的，花蕊处是粉红的，渐渐过渡到淡黄，在花瓣的边缘处，那丝淡黄就化成了洁白。雅琴认得那花，告诉我那叫鸡蛋花。我采了一朵别在草帽的檐上，暗想这花和鸡蛋之间到底有着什么样的纠结。

村里很安静，从路头望到路尾，没有看见一个孩子在路上玩耍。只有午睡的家狗被我们的脚步声惊醒，发出懒散的吠声。一家院门前坐着一个老阿公，正在编竹筐。其实竹筐是我的想象，阿公手里现在只有一个底座，这个底座可以成为筐，也可以成为篮，甚至可以成为箩。编竹器是我童年的江南街景里常常见到的一个画面，我感觉一种亲切如温润的水浮上心头，便在老阿公身边停下了脚步。阿公的工程刚开了一个头，篾条还很长，在阿公指间细蛇似的窸窣穿行。我的目光大概烫着了阿公，他抬起下颌朝脚边的另一张板凳示了示意，却不说话。我看不清阿公的脸，只看见他草帽边上露出来的几缕稀疏的头发，布衫肩脖上有两大团汗水。阿黄用本地方言和阿公搭讪，阿公哼哈了几声，依旧没有多少话，阿黄没了耐心，就挥手叫我们快走。

日头渐渐歪去，树荫变得浓厚肥硕起来。有一群鸡，在空旷无人的田埂上叽咕行走，用爪子搜扒着沙土里埋着的食物。我蹲在地上，呆呆地看着两只鸡公在各不相让地抢扯着嘴里的一条大青虫，翅翼张成四把凛凛的铁扇。

就是这儿了。这就是我的灵感带我从千山万水走过来的地方。

1879年，我的阿法（《金山》的主人公）用一根吱扭作响的扁担，挑着两个箩筐和一担沉甸甸的金山梦，就是沿着这条路，走向了未知的远方的。那天，阿法从家里的台阶走下，走过天天汲水的那口井，走过门前的那棵扶桑，那丛毛竹，那株鸡蛋花，还有那群斗架的鸡公，在初醒的狗吠声中，离开了他从来没有离开过的村子。如果我有足够的耐心，来慢慢地揩去岁月的积尘，我是否能在这条路上找到，阿法一百三十年前留下的脚印？其实，这条路上，岂止只有阿法的脚印？阿法的脚印边上，一定还有他阿妈的脚印。那天他那位被哀伤泡瞎了眼睛的寡母，颠着裹成粽子形状的小脚，一路送儿子到村口。如果我再耐心一些，我是不是还会找见送别的眼泪在这片泥土里砸下的坑？

阿黄要带我们去见的，是他的堂叔。堂叔家的门大开着，屋里坐着几个老阿婆，在聊着午睡之后的闲天。一只电风扇在聒噪地吹着风，墙上的农家黄历被吹得哗哗地翻飞起来。阿黄的堂叔是个八十多岁的老人，身架依然壮实，眉目清朗，看得出年轻时的英俊。只是耳朵聋。少君趴在他的耳边喊了几句普通话，他毫无反应。雅琴用广东话和他交谈了几句，也是艰难。困窘之中我突然想起试一试英文。听见我的英文，老人家的眼睛如同两粒见了风的炭火，猛然间炯炯地亮了起来，张口就用英文回我的话。老人的英文虽有些口音，遣词造句却十分地道，不像是当下街头巷尾的补习班里买回来的快餐。我们三人同时目瞪口呆，有一种在鸡窝里找到了凤凰的惊讶。

　　和老人的交谈就在这样一个灼热的午后断断续续地展开。我没有太大的企图。我的《金山》初稿已经差不多完成，我不再需要诸如日期姓名地点之类的硬性资料，我需要的是把这些硬性资料联结和浸润起来的感觉。这种感觉无法用数据量化，也无法用形容词来具体描述。这种感觉像风，看不见，摸不着，却叫万物生动。这种感觉是把一串干涩无味的事件转化成一部感人至深的虚构小说必不可少的元素之一。

　　我试图在这段断断续续的对话中寻找这种感觉。

　　堂叔的父亲和祖父辈，都是去南美做苦力的先侨。那两代人赤脚踩出了一条结实的路给儿孙行走，所以到了堂叔这里，全部的儿孙都落脚在了美国——堂叔是这个大家庭里唯一一个留在国内的人。堂叔年轻的时候，在香港和洋人做过生意。堂叔的英文，就是那个时候学的。难怪堂叔的英文里，夹带着一丝不常听到的牛津口音。"英国佬，那说的才是真正的英文啊。"堂叔说这话的时候，两颊飞起一片潮红，仿佛又回到了那些年轻也许荒唐过的洋场岁月。"要是再年轻二十岁，我还是要出去看世界的。现在老了，不想动了。"堂叔摆了摆手，做了个无可奈何的手势。我们突然发觉，堂叔讲英文的时候，耳朵好使得紧。

堂叔有一搭无一搭地给我们讲他儿孙的事，对美国的许多城市了如指掌。我们夸他的记性好，堂叔便孩子似的兴奋起来，说那年城里的张教授来采访，把我讲的话都印成了书，还有照片呢。

我的心倏地一下提到了喉咙口，问话的声音开始结巴："是，是五邑大学的张、张国雄教授吗？"张国雄教授编写的《开平碉楼与村落田野调查》一书，已经在图书市场上绝了迹。我查过了许多大学的图书馆和书店，找了一年也没有找到。这本书是国内目前了解开平碉楼背景必不可少的文献，它将大大丰富我书中对碉楼的细节叙述。

堂叔咧嘴一笑，对阿黄说："张教授不是送你书了吗？你拿过来让他们看一看。"阿黄应声走了，我暗暗地谢了一声上帝：今天执意离开众人，在这个村落里留下来，原来是有天意的。

一会儿工夫阿黄就回来了，手里拿的正是那本百寻不见的《田野调查》。我翻了几翻，几乎每一页都有我需要的细节资料。我厚着脸皮求阿黄容许我把书带去广州，复印完后再邮寄回给他。我在笔记本里撕下一页纸，让阿黄写下他的邮政地址。阿黄面有难色，说这本书是我们一族人的家产，丢不得的。一直等到雅琴把身份证号码和暨南大学文学院的名片留下，阿黄才勉强松了口。

我们起身辞别堂叔，走到门口，再一回头，发觉邻近的几家新屋，门脸上都雕着"某某书室"几个大字，甚是奇怪，便问阿黄：这里是村里的图书馆吗？阿黄大笑，说不是，村里人知识不高，却都爱摆出个读书识字的样式，建了新庐，都要取上个与书相关的名号。我们也笑，说总比叫某某钱庄好听，便都抓起照相机一顿狂拍。

到了路边，一张石凳上坐着一位老妪。老妪一只手里捏着一把蒲扇，另一只手在挠着腿上的痒——大约是蚊虫叮咬的，眼睛半睁半闭的，看不出是睡是醒。

"阿婶，有记者来，想到你楼里睇睇，行不?"阿黄自作主张地对老妪嚷道。

"村里只有这个老太婆还住在碉楼里。"阿黄对我们说。

开平的碉楼大多是上个世纪初建造的，目的是为了防御：防洪水，也防盗匪，所以采光通风和冷暖设施都不健全。楼的主人早都在几十年前去了国外，许多楼因此成为弃楼——很少有人会住在这样的楼里。这几年因为申请联合国世界文化遗产，碉楼吸引了国内外很多视线，难怪阿黄把所有的外来人都叫成记者。

老妪的回答慢了半拍。"麻烦哩，算了。"老妪一点也没有想从石凳上起身的意思，仿佛身子已经成了石凳的一个部件。

阿黄领着我们走开了，一边走，一边叹气，说一家就剩她一个了，儿孙全在城里。

我这才想起，这一路走来，视线里都是老人。

日头到这时就真坠下了，天空不再是早先那一片割眼的白，村落又渐渐回复了自身的颜色。从村头望到村尾，到处是新建的一式一样的青砖楼房，横看是排，竖看是行，刀削过似的齐整。村尾的几座碉楼，依旧是村里最高的建筑物。夕阳落在楼顶，楼就淌了一头一脸的血。这样的角度和光线，就把欧式廊柱与岭南灰雕结合而成的怪诞模糊了，依旧清晰的，只有历史压在上面的百年沉重。

这是一个每条砖缝都富得渗出油来的村子。据说这里平均两份侨汇在滋养着一个村民。一百多年前，阿法那代人是从这条路上走出去，走到金山的。他们把每一个毫子都省出了水，攒着寄回家，建碉楼，置地，送儿孙（也包括女孩）进最好的学堂。他们大概没有料到，一个多世纪后，他们的后人最终没有守住那片他们竭尽一生滋养的土地。村在，田在，楼也在，可是维系村落生命力的青壮汁液，却都流走了，朝着城市，朝着热闹，朝着人群聚集的地方，涌流而去。留下这座空村，在夕阳中诉说着难以启齿的孤单。

我知道，回到家后，《金山》的一些章节，将要推翻重新来过。

关于周庄的一些意外

在2006年7月之前，我脑子里所有关于周庄的概念，都源于过去许多年里的听闻——书面的、口头的。我的耳根比较软，每一种说法，只要听上去不过于荒诞，都能轻而易举地影响我。所以在去周庄之前，我已经对周庄有了一些比较固定的想法。一个运营得颇为成熟的、商业化的江南水乡。我想。

既然已经有了较为成型的看法，一旦得知真要起程去周庄的时候，就少了一分好奇心。触角舒适慵懒地蜷缩在别人的看法之中，并不期待着意外。

可是意外就在最不经意间来临了。

周庄是我7月中国之行中的公事部分的最后一站，是上海"北美经典五重奏"新书发布会之后的一个旅游点，至此我该开的会都开完了，该发和不该发的言也都发过了。周庄是我卸下千斤重担之后的那张床。我对床并不挑剔，能歇脚就好。

抵达周庄时已是夜里十点多。那夜极是闷热，云孕育了一天的雨，可是雨却迟迟没能成势。走进周庄的牌楼大门，几乎所有的店铺都已经关闭了。路灯把我们的身影拖得长长的扔在青石板路上，行李的滚轮在静谧中显得格外响亮。依稀看得见沿街红灯笼的轮廓，可是灯笼也已熄灭。水和桥都是影子，是看不清的，看见的只是灯在水面上的浮影。桥头有三两只狗，见人来，懒懒地抬起头，轻轻地吠了几声，便依旧睡去。一直到走进下榻之处，才想起始终没有见到期待中的霓虹灯和音乐声。

周庄至今还没有开发出像样的夜生活。

文友略带惋惜地说。

我一怔，才突然明白，我对周庄的一个成见，已经被砰然击碎。

不，这并不完全是一个商业化的旅游景点。至少夜晚不是。夜晚的周庄依旧是一个按照它固有的生活方式运行的，自然无奇的水乡。

我的触角猛然张开，我想，也许这个地方，值得我用我自己的眼睛去看一遍，而不是间接地使用别人的经验。

我们住的地方，是一家显然已经有了多年接待经验的民居，一个三进的院子。略微拐了几个弯，我就迷了路。被人迷迷糊糊地引领着，走过一段吱扭生响的楼梯，就到了我的房间。简陋的木门，打开来，里面出乎意料地宽敞。蓝布花窗帘，蓝布花床单，蓝布花枕头。椅子桌子柜子，每一样家具都镂着花。门缝很宽，隔壁房间的行动基本在可监听范围之内。往木椅上一坐，突然就有了多年前那种邻里鸡犬相闻的亲近。

是夜，在舒适的空调中睡得很深，第二天早上睁开眼睛，正是六点，下楼来才看清了昨晚不曾看清楚的庭院。晨光里堂屋已经很是亮堂了。一边的墙上挂着蓑衣、筛子和锄头，另一面墙上挂着画和条幅。画是关于年成的，条幅是关于勤俭持家的。桌子上的粗瓷茶杯掀着盖，仿佛主人刚放下喝了一半的茶急急地出门了。走出堂屋是天井，天井里有一眼小小的水井，井上盖了一块石头，井边倒扣着一个洗过的马桶。走到大门口我忍不住感叹，这是一种何等小心的，落实到每一个细节的设计呀。西方有一句谚语是"最高级的赞赏是模仿"（The highest form of admiration is imitation）。周庄在每一个细节上如此逼真地模仿着他们祖先的生活习性，除了商业的理由，难道不也蕴涵着他们对淳朴的劳动观念所心存的敬畏吗？

走到街上，才发现昨夜下过雨了，路上到处是水洼。天依旧阴郁，空气却极是清新。这大概是一天中最好的时候，游客的脚印还没来得及踩脏青石板路，照相机的闪光灯也还没污染城墙。我踮着脚尖在水洼中穿行，刚行到水边，雨却又下了起来。雨在水面上砸出一个又一个的圆圈，雨瞬间就把一个沉睡了一夜的水城砸醒了。我听见一扇又一扇的门咿呀地打开，有人探出身子刷牙洗脸，也有人在堂屋里唰唰地扇着煤炉，被青烟熏得咳嗽。再走几步，有一妇人接着屋檐的雨水在刷马桶。街上的狗饿了一夜，开始在街巷之间穿梭寻食。我想，这是一个还来不及梳妆的周庄。再等一两个小时，当游客蜂拥而来的时候，这一切都将像一张画卷一样被迅速地收卷起来，藏进不为人知的角落里。那时周庄将梳妆完毕，展开华丽的、职业性的笑容。

我把初醒的赤裸的素面朝天的周庄逮了个正着。

我很庆幸。

再走几步，就到了被陈逸飞的油画定格为永恒的双桥。烟雨之中，站在桥上，就看见一个头戴蓑笠的渔夫，摇着一只小船遥遥地过来。船是空的，却站满了鱼鹰。再近些，就看见了鱼鹰脖子上的绳索——大概是准备好给游客表演捕鱼的。他从桥下摇过，看了我一眼，停了一停，也许在等待我招呼他唱一支渔歌。我很想听，却没有说话，生怕这凝固在静谧之中无限脆弱的美丽，被一个不合时宜的声响击破。

走下桥的时候，路上已经陆陆续续地出现了人。脸是看不清的，看清的只是伞。蓝色的，红色的，黑色的，白色的。如雾如花在烟雨的街上移动。

周庄的人说起陈逸飞，感激之心溢于言表。据说陈逸飞去世的时候，全周庄的人"倾巢出动"，自发地送这位艺术家上路。没有陈逸飞就没有周庄。我听见很多人在很多场合里说过这样的话。

不知周庄的人是否想过，也许，是周庄成就了陈逸飞？

一个独特的艺术家，遭遇了一道独特的景致，于是，他们彼此造就。

这样的说法，周庄人可以接受吗？

古巴：废墟曾经辉煌

从2010年到2015年间，我去过三趟古巴。面对朋友们的好奇，我一成不变的解释是性价比：用七八百加元的代价，逃离北国的寒冬，享受一整个星期食宿全包的阳光海滩，的确是一桩钱包和身体都感觉舒适的交易。只是还有一个原因我一直没敢说——怕说了显得矫情。我其实是怀旧去的。我的怀旧，不是20世纪50年代的那个旧，那时我刚出生。也不是60年代的那个旧，那个时代让人心惊，我不想去触碰。我怀的那个旧是70年代末到80年代初那么短短的三五年。那个三五年里，包围所有人的那道铜墙铁壁裂开了细细一条缝，趴在那条缝里看世界，是一种放大变形了的新奇。那个年代里的我，还有我身边的许多人，都对未来怀抱着一些朦胧的憧憬和希望，你甚至可以把它称之为理想（说到这个词我忍不住羞赧难堪），尽管后来我很快知道那些玩意儿都是年轻和无知的伴生物。那几年的时光瞬间即逝，成了我记忆中永恒的亮点。古巴兴许是如今世界上少有的和那个年代略具相似之处的地方，于是我就一次又一次地走向那里，反复经历着探险、寻求、惊讶和失望。对于古巴来说，我至今还处于出发了却尚未真正抵达的状态——我一直还在路上。

土地：被红与黑同时遗忘的灰色角落

古巴人形容自己国土的形状时最经常使用的一个意象是鳄鱼。的确，古巴从地图上看像是一条头朝下浮游在佛罗里达海峡、墨西哥湾和加勒比海之间的鳄鱼。这三片水域给予了古巴绵长的海岸线和源源不断的旅游资源——这在舅舅不疼姥姥不爱的断粮岁月里救了卡斯特罗一命。这条叫古巴的鳄鱼，在躺着不动的时候就已经得罪了人：它的尾巴几乎扫到了一片打个喷嚏地球就要颤抖一下的国土，这片国土的名字叫美利坚合众国。古巴离佛罗里达州的基韦斯特（Key West）最近处只有一百五十公里。一百五十公里是个什么概念？假若你把水域想象成陆地，那是不到两个小时的车程。假若你把想象力如橡皮筋那样地扯开，就能想到一个体力中上乘的汉子骑自行车早上从古巴出发，马不停蹄，天黑就可以抵达佛罗里达。一百五十公里是个有点小意思的数字，没到这个数字时人还太癫狂，过了这个数字人或许就过于理智，而只有正正在这个数字上时，人才能有些癫狂而又不至于完全丧失理智。这也是为什么在过去的几十年里，这块状似鳄鱼的土地上的人总想驾着各样的船只，冲击一下一百五十公里这条线，因为他们知道过线的机会是一半对一半。我在古巴的三次旅行中很少尝到海鲜，除了在专门对外国人开放的高级餐厅里，后来才知晓，这也是那一百五十公里惹下的麻烦——卡斯特罗政府对出海的渔船控制极严。

我第一次逗留的那个地方叫巴拉德罗（Varadero），它是鳄鱼脊柱尾端向海洋延伸出去的一个细长半岛，最宽之处也只有1.2公里。从下榻的宾馆往前走，过一两条街就是海；往后走，过一两条街也是海，我们居住在一个被两片水域夹住的大约两三百米宽的狭窄陆地上。那一个星期里天一直在耍着小性子，北国的风雪刚刚被我甩在了身后，可是南国的艳阳也并未向我招手。在十二摄氏度的风里行走时，身上的夹克衫瞬间感觉薄如蝉翼。风是从两个方向交错而来的，仿佛两边的水域在轮番叫阵。那时印尼海啸的印象依旧鲜活，任何一丝可疑的声响都会让我生出莫名的惊悚，总觉得这块二三百米宽的陆地还不够海啸轻轻舔上一口。

我们抵达巴拉德罗是在夜里，第二天便是元旦了，我们在古巴睡过了一年。早晨走出门来，吧台的帅小伙们已经在调鸡尾酒了，工作人员正在挂满彩饰的舞台上调试麦克风。昨夜的狂欢尚未睡下，今天的狂欢已经起床，可是我对狂欢兴趣索然。我可以在别的地方轻轻松松地找到比这里更好的酒，更精彩炫亮的歌舞，甚至更细软洁净的沙滩，我来这里并不是为了寻找奢侈——奢侈早已移居他乡。我来这里是为了寻找一些别的地方所没有的东西，比如说革命的飓风扫过之后的瓦砾，再比如说我的故国在这里留下的痕迹。毕竟，我是听着《美丽的哈瓦那》的音乐长大的，我也是哈瓦那的孩子。

其实在下飞机的第一眼里，我们就已经看见了中国的印记。在机场和涉外宾馆之间穿梭行走的，几乎是清一色的宇通大巴，连门楣上的安全提示，都是未经翻译的中文。巴拉德罗的街面上找不到红绿灯。他们用不着，因为街上几乎没有小汽车。偶尔开过一两辆，也都是20世纪50年代的美国老爷车——那是几十年里西方禁运的直接后果。后来在哈瓦那我们终于看到了车水马龙的场景，却依旧是同样的老爷车，只是颜色漆得光怪陆离。看见宇通巨人般地在缺乏同伴的巴拉德罗街头横冲直撞，不知怎的，我感觉有些扎眼。

我们在宾馆餐厅的厨子眼里，也依稀看到了中国。那是一位四五十岁的中年妇女，脸上泛着一层与阳光和炉火相关的红油。据说旅游业是古巴人梦寐以求的高收入行业，我不知道在聘用的过程里是否有"政审"一说，只是我没有在这个女人的脸上找到任何类似于优越感的表情。我用英文问候她，她用西班牙语回应我。即使是涉外宾馆，工作人员也几乎不讲英文。我总觉得这与教育水准无关，这里牵涉的其实是姿态和立场。"Chinos?"她问我们。怕我们听不懂，她又用油腻腻的双手将眼角往上扯了一扯。这是欧美人对中国人的刻板印象——在他们看来，我们个个都是吊眼。这个手势在美国和加拿大会立即被解读成种族歧视，而在这个女人眼中，我看到的只是善意。我掏出一块硬币塞到她的手里，她收了，并无忸怩之态。女人的手很粗糙，我猜想一天中最耗费她心神的事，大概是怎么把那点少得可怜的肉做出看上去比实际重量多的菜肴。

天还早，街上的人群却已经开始聚集，房屋之间的空地上站着一些喝啤酒弹吉他唱歌的人。孩子们跑来跑去，每一个路口都能发现几条铺开四肢酣睡的狗——它们从未经历过汽车的惊吓。

今天是难得的假日。我心想。可是我错了。第二天，第三天，还有以后的每一天，他们几乎天天如此。他们似乎永远不用上班，可以喝着啤酒把一首歌唱到地老天荒。上帝在创造拉丁族裔的时候，兴许在他们的血液中掺进了兴奋剂，这个民族的快乐从来不需要理由。

再走过一条街，我们发现了一家酒吧，门口有个小乐队在唱歌，是典型的加勒比旋风。看见我们走过，乐手好奇地停下手里的沙球——中国人应该不是巴拉德罗街面上的熟面孔。同行的朋友中有一位是接受过专业音乐训练的，无法抵御音乐的呼唤，就率先走进了酒吧。话说不通，我们只能傻笑着，各喝各的酒。突然有人把我们推到了麦克风跟前，我们毫无准备地进入了小合唱的匆匆排练。我们抛出去的第一首歌是《美丽的哈瓦那》。我们唱得很嗨，他们却只是礼貌地微笑着，神情茫然。过了一会儿我们终于意识到：这首歌是土生土长的国货，没吸吮过加勒比的营养。于是我们又抛出了一首《鸽子》，那是地道的古巴民歌。"当我离开可爱的故乡哈瓦那，你想不到我是多么悲伤。"可是我们并未在他脸上呼唤出任何悲伤，他们的表情依旧是一片礼貌的茫然。就在我们准备彻底放弃用歌探路的企图时，我突然想起了一首歌。假若这首歌依旧没有得到回应，我已决定给旅行社打电话，求证一下他们带我们来的那个国家是否真是古巴。

"起来，饥寒交迫的奴隶……"

我们怯怯地唱出了第一句，很快就有了和声，先是一个，后来是一群，再后来是全体。中文和西班牙文的歌词在按自己的节奏行进，只有唱到副歌时，在那个"英特耐雄纳尔"的节拍上，我们严丝合缝地踩上了彼此的点。人群开始走近，我们围成了一个圆圈，圈子越来越紧，我们开始握手拥抱。对过的一个男人高举着酒瓶，对我们喊了一句话。这是我们抵达古巴以来听到的第一句英文：

"Brother!"他说。

我有些疑惑。在这个但凡有子女被录取在哈佛的中国母亲都要写一本育儿心得，每一家略有门脸的中国饭店都在卖百威啤酒的时代里，我们，中国和古巴，还是弟兄吗？

还有，在过去，我们曾经真是弟兄吗？

这个疑问是在后来的一次哈瓦那之旅中凸显出来的，那次我们走进了古巴革命纪念馆。纪念馆气势雄伟，有好几个楼层，里边陈设的除了卡斯特罗和切·格瓦拉使用过的旧物，还有大量的历史照片。我在照片里找到了斯大林、赫鲁晓夫、勃列日涅夫和苏维埃农场的康拜因，我甚至发现了胡志明和他的战友们。可是我没有找到毛泽东。我不仅没有找到毛泽东，我甚至没有找到中国的纺织女工或者是在水田里栖息的牛。我身上那点残存的"哈瓦那孩子"的血开始在太阳穴上涌动，我和那位音乐家朋友冲进了纪念馆的办公室。

办公室里坐着三四个工作人员，面对我们所有的"为什么"，他们的回答始终一致：No English（不会说英文）。他们说这话的时候表情和语气都十分平静，我们绝无可能在这堵以不变应万变的铁壁上砸出一丝裂缝。正打算撤退，那位音乐家朋友突然抛出了一个新招：用歌声敲门。我们在古巴的经历一次又一次地证实了一个真理：语言走不通的路，歌声兴许能。

这一次，他唱的歌我完全陌生。

我们朝着一个理想进军，
胜利必然属于我们！
为了和平，为了繁荣，也为了自由，
我们一起斗争……

后来他告诉我，这首歌的名字叫《七·二六颂歌》——7月26日是古巴革命纪念日。他比我年长几岁，多学过几首歌。

办公室的人都怔住了。他们大概从未听过一个外国人用一种他们完全不熟悉的语言，如此准确而富有激情地演绎完了这样一首属于他们的年代歌曲，直至最后一个节拍。四周一片寂静，只剩下他的声音在大楼的砖缝里钻来钻去，擦出嘤嘤嗡嗡的回声。

歌很长，他唱完了，很久很久，墙壁都还在震颤。

四周响起了暴风雨般的掌声。我们这才发觉门外的走廊和大厅里，到处围满了人。

"我们这么大的时候，就支持古巴……"我的歌唱家朋友指了指膝盖的位置，语无伦次地说，英文被激动撕扯成一床烂棉絮，"可是你们，怎么，怎么可以……"

一位中年妇女从办公桌前站起来，紧紧拥抱我们的歌手。

"我们一定跟馆长转达你的意见。"她说。

她忘了，十分钟前她还不会说英文。

回到车上，我们依旧还没有平静下来，我们开始热烈地讨论起古巴历史上发生过的一切，我们质疑一切是否真有必要——独立之必要，革命之必要，坚持之必要，或者说，妥协之必要。

其实这场争论并不是这时才开始的，它只不过是四年前另一场争论的延续而已。

那次我们去的地方叫圣卢西亚（Saint Lucia），在鳄鱼的上腹部。我们跟着旅游车去附近的卡马圭（Camaguey）古城游览，沿途的景致相对单一，都是些一马平川的绿色农田和偶尔出现的旧农舍。"不要被那些绿油油的颜色忽悠。"导游告诉我们，"那都是毒草。只要地里长着这种植物，其他作物就别想存活。它们蔓延的速度极快，而且不能根除。唯一摆脱它们的方法就是烧荒，要连续烧上三季，之后才可以种植一些生长力旺盛的植物。"

这里曾经是肥沃的甘蔗林。导游说。这里出产的蔗糖，曾经源源不断地送到莫斯科、布达佩斯、布拉格等地，换来石油、粮米和日用品。随着东欧的解体，大部分的糖厂关闭，蔗林便沦为荒芜之地。

我的心抽得很紧。我心疼，却不完全是为古巴。在这个自然资源如此稀缺的世界上，竟然有千万顷田园如此荒芜着，等待着一把烧山的烈火。也许三年，也许五年，也许十年，带着这把火进来的，会是美国的百强企业，还是中国的煤老板，抑或是阿拉伯的石油大亨？

古巴怎么就走到了这一步？那条鳄鱼曾是一块被西班牙、英国、美国同时垂涎的肥肉。作为美洲第三大都市的哈瓦那，曾带给过世界怎样纸醉金迷的夜生活？

假如1492年哥伦布未曾发现这条横卧在加勒比海的鳄鱼，

今天的古巴该会如何？假如 1763 年英国不曾把短暂地获取的古巴主权归还给西班牙，今天的古巴将会如何？假如 1896 年美国成功地从西班牙手里购买了古巴，今天的古巴又会如何？古巴可以隶属西班牙，可是它不肯。古巴可以隶属英国，可是它没有。古巴有一千个理由成为美国的一个州，它依旧没有。

原因很简单：这块鳄鱼形的土地上除了盛产甘蔗，也盛产硬汉。硬汉不想仰人鼻息，硬汉想自己做自己的主。可惜硬汉的力量不够。难倒硬汉的不是勇气，而是物资，所以硬汉不得不求人。硬汉搬了美国来打西班牙，西班牙人走了，美国人却不肯走，硬汉只好搬来苏联赶美国。于是古巴就陷入了这样一个用依赖来实现独立的怪圈。

我们是在哈瓦那逗留期间听到古巴和美国复交的新闻的。古巴人终于可以过上好一些的日子了，街上那些空空如也的商店里，不久将会被美国黄油和高露洁牙膏填满。可是我却兴奋不起来。我不知道这是一个怪圈的终结，还是另一个怪圈的开始。

人：遭遇资本来袭的革命后裔

在古巴街头，你经常可以看见各式各样的人群在排队，有的能看得出所以然，比如排在副食品店前的队，大概是在等候凭票供应的新鲜食品。而排在公园门口的，大多是为了一客冰激凌。排在银行门前的，极有可能是在等着换取可兑换比索——我们自己就排过这样的队。在排队的过程里，我们也学会了当地排队的规矩：你需要在人群中找到队尾的那个人。只要得到了那人的认可，你在队伍里的合法性就不会遭受任何质疑。古巴的货币制度和七八十年代的中国极为相似，都是双轨制，当地人使用当地比索，而外国人则使用类似于我们当年的外汇券的可兑换比索。这两者之间的汇率差别巨大，后者大约是前者的二十五倍。可兑换比索的好处不仅仅在差价上，它还能买到当地比索买不到的紧俏物品。所以，银行门前似乎总是排着长队。

偶尔也会有让你猜不出缘由的队列，比方说那天在哈瓦那街头。那支队伍很长，绕着街角转了几个来回。排队的人手里没提篮子和塑料口袋，看不出与购物有明显的关联。我们问了好几个人，才终于明白这些人原来是在等周五的芭蕾舞票，而那天是周日。对一个据说人均月收入只有十来美元的国家来说，这样的队列让人心生敬意。

那天我们是想去哈瓦那大学的——我们对古巴的校园生活充满了好奇。另外，我们也想找一个能上网的地方。古巴的网络只对外国人开放，费用昂贵，且网速极慢，即使在五星级宾馆也很难查询网络信息，我们在古巴的日子里几乎与世隔绝。

在这之前我们去过几家学校，在巴拉德罗，在卡马圭，在哈瓦那，有中小学，也有幼儿园。古巴的涉外政策与当年的中国有相似之处却又不尽相同：当地人被禁止进入涉外宾馆，而外国人却可以自由出入除了军事基地之外的几乎任何地方，包括黑黢黢空荡荡的食品商店和接近于贫民窟的老街区，卡斯特罗似乎不怕掀起裤子让你看屁股上的疖子。我们没有遭到任何拦阻，堂而皇之地闯入了几家学校。校舍大多简陋却很干净，漆成海洋色调的墙壁上，画着各样色彩浓烈的宣传画。教室里的设施很简陋，在一家临街的幼儿园里，我们看见了一台用纸箱子糊成的电脑，黑笔勾勒出来的屏幕和键盘看上去有些潦草。可是孩子们似乎没有意识到自己的贫穷，他们见到客人老远就主动招呼，神情活泼而纯真，并无经过洗脑教育的儿童脸上特有的刻板和麻木。不知这些从未触碰过真实电脑的孩子长到大学年龄时，会不会也成为"拇指一族"？

带着这样的好奇，我们走进了哈瓦那大学。校园在山坡上，要走过很多级台阶。那是一座殿堂式的建筑，大门前耸立着几根极有气势的罗马廊柱，台阶和墙面上长满了黑色的寿斑，却依旧看得出曾经的辉煌。正值周末，校园出奇地安静，我们绕着庭院走了几圈，才遇上两个学生，一男一女，像是恋人。他们看见我们，便热情地走过来打招呼——这是我们第一次遇上主动和我们说英文的人。

他们是历史系的研究生，研究方向是古巴现当代历史。我问他们毕业后想做什么。女生英文水平有限，只是微笑不语。男生思索了片刻，才说我想教书，也想写书，我要告诉大家古巴这些年发生的事，全世界不能只有美国一个声音。

他的肤色白净——那是几代欧洲血液在加勒比基因中的沉淀，衣着得体，英文几乎听不出口音。他让我想起了三十年前的自己。那时的我大概也说过诸如此类的豪言壮语，青春和理想相遇是一种赏心悦目的合宜。

假若我就在那一刻离开，我或许可以保持对哈瓦那大学近乎完美的记忆，可是我偏偏决定滞留，于是我亲手毁灭了一桩虽然很小却依旧难得的满足。

当我们走到数学楼前时，我们遇到了另外两个学生。他们见到我们，也主动走过来，热切地操练起英文。他们是数学系的学生，辅修历史。什么年代的历史？当然是古巴现当代历史。

哈瓦那大学还有没有别的历史课程？我暗想。

我问他们，业余时间做些什么？篮球，还是游泳？我特别挑出这两项运动，是因为它们都不需要太大的花费。他俩的回答却让我惊讶：他们喜欢收集世界各地的货币。"能让我看一眼加拿大纸币吗？"其中的一个小伙子怯怯地问。

我毫不犹豫地取出了我的钱包，抽出一张印着伊丽莎白女王头像的二十元纸币——是塑料纸的新版。他们对着阳光仔仔细细地研究了一番，然后还给了我。

他们热情地带领我们参观了校园里的几座雕像和纪念碑，甚至还有一辆古巴革命中使用过的坦克车。我们的谈话围绕着校园生活渐渐铺展开来。我问他们学费昂贵吗。他们说是政府负担。那伙食费呢？也是政府负担。这让我想起了我的大学年代，那时国家为我们支付学费，我每个月还能拿三十五元补助。

"只是，我们一天只吃两顿饭，很少吃到肉。"他们彼此对望了一眼，犹犹豫豫地说。

这是两个还在长身体的孩子啊。我的心里隐约生出一丝疼意。

"告诉我哪里可以买到肉，我有可兑换比索，我可以给你们买火腿香肠。"这句话没经过脑子，直接从我的喉咙溜出了舌尖。

"其实，假若你愿意，你可以给钱，我们自己去买。"一个小伙子结结巴巴地说。

我犹豫了一下，但还是打开钱包，抽出了那张被他们仔细研究过的纸钞。

"假如你愿意，你还可以多给几张。"另一个小伙子扫了一眼我的钱包。

我突然意识到，在我第一次打开钱包的时候，他们就已经看清了里边的存货。我闻到空气里有一些东西在慢慢变味。

"不，我们自己也要用。"先生果断地合上我的钱包，拉着我往山下走去。我听见身后咔嚓咔嚓的脚步声，是他们追上来了。

我们怎么跑得过他们？喊也没用，校园里没人。我近乎绝望地闭上了眼睛。

我睁开眼睛时，他们已经挡在了我们跟前，高大，黝黑，威猛。

"我们也有一样东西送你，是切·格瓦拉任古巴银行行长时发行的纸币，上面有他的签名，市面上不多见的。"他们说。

下山的路上，我捏着那张印有切·格瓦拉签名的等值于四十美分的十比索纸币，默不作声。我突然开始怀疑周遭的一切：那些墙面上的黑斑，那寥寥几个在校园里时隐时现的人影。也许，我在这里看见的一切都不是偶然，它们都是某项精心策划的计划中的一个部分。

"兴许他们，真的是饿……"同行的朋友试图安慰我。

我们坐上了出租车，司机对我们的指令心不在焉，他的目光好奇地落在我们拿来作地图用的手机上。这样的目光我们很熟悉。两天前，我们的一位朋友在哈瓦那街上拍照时，身后走过来两个年轻人，顺手将她手中的 iPhone "抢"走了。我在"抢"字上加了引号，是因为我实在不知道这个字是否使用得当，因为当我的朋友跑过去和他们交涉时，她没有遭遇任何抵抗。他们立刻把手机还给了她，顺便送给她一个几乎有些羞涩的微笑。整个事件的实质因此变得扑朔迷离，我们到现在也无法断定它到底是一个带着小小恶意的玩笑，还是一桩藏着些许幽默的抢劫。

　　而早在五年前我们的第一次古巴之旅中，我们就有过一次与iPhone相关的奇遇。在巴拉德罗的一个酒吧里，我们碰到了一位穿着和化妆都很大胆的中年女子。据她说她在多伦多市区开着一家高档的意大利餐厅，一年工作358天，剩下的那个星期到古巴度假，年年如此。那是个早晨，酒吧刚开门不久，她的桌子上却已经堆了四五个空啤酒瓶。她从手提包里掏出一只iPhone——那时的版本大概还是第三代，对我们扬了一扬，说古巴真是个好地方，一部破手机，就可以让我过上奇妙无比的七天。她说"奇妙无比"这个词的时候，眉毛朝后挑了一挑，我们这才注意到了她身后坐着一个古巴小伙子。小伙子大概刚从海里游泳回来，棕黑色的肌肤上闪耀着一颗颗晶莹的水珠。他听不懂英文，只是对我们腼腆地微笑着。女人喝完了第六瓶，或许是第七瓶啤酒时，便起身离开了酒吧，带着她的iPhone。小伙子尾随着她，两人一前一后地走进了一个房间。我远远看见窗帘轻轻一抖，阳光给挡在了外边。

　　"这是最新版本的iPhone6 Plus吧？"司机问我们。

　　"还要跟你说多少遍，我们要去美术馆？"我把手机咚的一声扔回了手提包。

我被自己的语气吃了一惊，立刻感到了羞愧。我知道我的火气跟这个满头是汗的中年人毫无关联，他只不过是在一个错误的时刻把车停在了哈瓦那大学门前而已。

太阳已正正地升到了头顶，阳光把一切景致洗刷成一片煞白，街道便再也无法藏匿它的痂疮和皱纹。我对一切突然失去了兴致。

"不去美术馆了，去 El Floridita 吃饭吧。"我临时改变了主意。

El Floridita 是海明威当年常去的一家餐馆。古巴街角的每一家餐馆，都可能钉着一个"海明威曾在此就餐"的铭牌；每一份酒水单上，都可能注明"这是海明威爱喝的酒"。海明威住过的旅馆和农场，早已被开辟成纪念馆，而且还保持着他离开时的大致模样。全世界都知道海明威的巴黎和海明威的西班牙，而海明威生活过将近三十年的古巴，却是海明威神话里缺失的一页。"美国到底怎样，看看海明威的下场就知道。"据说卡斯特罗说过这样的话。的确，海明威在古巴写下了一生的巅峰之作《老人与海》和《丧钟为谁而鸣》，而就在他被外交部强劝回美国的第二年，他在爱达荷州的家中持枪自杀。海明威的价值，大概是这半个世纪以来美国和古巴唯一达成的共识，也是我这三趟古巴之行中唯一一件了解清楚了的事实。其余都还是乱线团，需要我在未来的日子里慢慢整理出头绪。

"对不起，天太热了。"我对司机说，算是我的道歉。

"你们的革命广场上为什么只有切·格瓦拉和何塞·马蒂的画像，而没有卡斯特罗？"同行的朋友问。

司机沉吟了片刻，才说："夸奖一个死人，远比夸活人安全。"

　　我们忍不住大笑。

斯特拉斯堡随想

斯特拉斯堡（Strasbourg）这个地名对我来说印象模糊，直到登上旅游大巴的那一刻依然如此。这阵子琐事繁多，出发前我没有时间和心境做一番通常出门前都会做的功课，大概是因为暗地里觉得欧洲以"某某堡"为名的城市多如牛毛，在地图上信手一指，就有比斯特拉斯堡著名得多的萨尔斯堡——那里出了个音乐天才莫扎特，还有圣彼得堡——那里见证了一次改变中国和世界命运的革命。正当我准备在车座上闭目养神的时候，耳朵里却突然刮进了一个地名，刹那间我的触觉神经如尖针根根耸立——我明白我终于找到了这次旅程的兴奋点。

那个地名是阿尔萨斯。年轻的导游告诉大家，斯特拉斯堡是阿尔萨斯大区的首府。

阿尔萨斯最初进入我的认知经验，是因为一个叫都德的法国作家和一篇名为《最后一课》的小说。读这篇小说是很久以前的事了，从那时至今，生活中已经发生了可以用沧海桑田来形容的巨变，眼睛已经不是当年的眼睛，心境也已不是当年的心境了。隔着几十年的时空距离回首往事，当初那些与民族和国家概念相关联的激越情绪已经在不知不觉间如尘埃渐渐落地，剩下的只是一些边界和形状都很模糊的同情：对人被强行从熟悉的文化土壤里剥离出来的那种痛楚的同情。都德把那个淘气而喜欢逃学的小弗朗士斧凿刀刻般地印在了我的少年记忆中，让我明白了阿尔萨斯并不仅仅是一个地名。作为战败者的赎金和征服者的战利品，阿尔萨斯在法国皇帝和普鲁士以及后来的德意志皇帝的袖筒里，换过一次又一次的手。那段历史对我的直接影响是：当我日后也成为一名作家时，我不止一次在我的小说中使用过"多变如欧洲某些区域的边界线"这样的比喻。

进入斯特拉斯堡的时候，天正下着零星的太阳雨，横贯全城的伊尔运河，在秋和冬之间那一阵阵力度多变的风里，泛着一波又一波深幽的光。导游引领我们走进一个名为"小法兰西"的街区，那里的建筑是一排排矮小整齐的房子，一家挨一家，白色的外墙上镶着一条条褐色的木头，它们铺排成几何图案，像梁，却不是梁。这些如积木般规整的房子都是战后重建的，怎么看也像是赝品，那层白并不是原先的白，那些梁木也并不是初时的木头。这些房子见过的历史，也早已是另外一茬历史了。在这个美丽的街区背后，竟隐藏着一个与美丽全然无缘的故事。17世纪时这里曾经有一座性病医院，普鲁士人为了损贬他们的宿敌法国人，把这种与风流相关的病戏称为"法兰西病"，所以就有了"小法兰西"这个称呼。当然，如今走过这些桥这些水这些街区的人，没有几个会去深究这个名字的来由。走到桥头时，我的相机突然忽闪着睁大了眼睛，因为它发现了一块极有意思的牌子，上面写着两行字——是路名。一行是法语，一行是德语。法语在上，德语在下。两种同样强悍同样丰富的文化，在经历了几个世纪的激烈抗争之后，终于以这种方式在斯特拉斯堡的街头达成了它们之间的艰难妥协。

走着走着，天就暗了，饥肠开始发出令人难堪的鸣叫。导游给我们推荐了一家路边的餐馆，据说这家饭馆的主打菜肴是正宗的德国猪肘。猪肘终于端上来的时候，样子很凶，站在一个农家样式的大盘子里，仿佛是一个愤怒的拳头，上面插着一把威风凛凛的尖刀。我小心翼翼地用刀刮去了表皮的鬃毛，切开来，露出里头粉红色的肉。肉是一丝一丝的，有些干，带着明显的炭火熏味。和传统中餐里的蹄髈相比，它清淡得几乎不像是肉。那天的配菜是德国香肠和烤猪排。猪排和世上任何一个角落的猪排差别不大，倒是香肠有些特色，颜色和质地都和豆腐相仿，只是中间夹杂着切得细细碎碎的香菜。一刀下去，柔软无比，入口的味道和猪肘一样，清淡如菜蔬。真正浓烈的是杯里的黑啤。那暗褐色的汁液流过唇舌喉咙时，让人无法不想起巴伐利亚的阳光和泥土在麦粒身上啃下的齿痕，倒叫我恍惚间忘却了我正身处一个叫法兰西的国度。

在餐馆里，我们听说了一个斯特拉斯堡人最引以为傲的故事。那故事是关于一首名为《莱茵军团战歌》的流行歌曲，它的词和曲皆是一个叫李尔的业余音乐家，或拿今天的话来形容，一个玩票的歌手，于1792年在当时的斯特拉斯堡市长家中即兴而作的。这首歌原来只是一个年轻的法国人在酒精的煽动下发泄的几缕国恨家仇，没想到在后来的日子里被带到马赛，让另一群人冠上了《马赛曲》之名。人们一层又一层地在它身上涂刷着激情，直至最终将它演绎成为一个国家的齐声嘶吼。在被猪肘和黑啤催生出来的隐隐睡意里，我不知怎的想起了《马赛曲》中"让不洁之血，灌溉我们的田野"的歌词，心里忍不住微微一颤：幸亏这支诞生于斯特拉斯堡的歌曲，最终被带到了通往马赛的路途。假若它沿着莱茵河进入了对岸的那个国家，落入一个叫希特勒的后世手中，天知道它会被演绎成什么样的版本，会被拿来点燃什么样的血液和什么样的仇恨。

走出餐馆的时候，天已经彻底黑了，从古城堡和拱桥洞里投射出来的灯光，在伊尔河面上铺下一层厚腻的紫罗兰。游客已经散去，街市空了，夜风里传来古教堂悠远的钟声，周遭的一切都展示着祥和和太平。最近的一场战争也已经过去了六七十年，我却依旧战战兢兢，总觉得脚下的土地里还游走着无数尚未安息的亡灵。这个意为"街道城堡"的地方，是日耳曼血液和法兰西文化的混血儿。在过去的几个世纪里，一朝又一朝的皇帝未经公投便决定了它的归属。于是它的市民，就像一个既爱母亲也爱父亲的孩子，被迫选择了单亲，从而割舍了生命中原本不可割舍的那一部分。当年粗粝的伤口终于被时光渐渐抚平，疤痕便化成了今日桥边的双语路标，端在女招待手里的德国猪肘，还有街市人流的法语里夹带着的浓重德国口音。

希望再也不会有另外一场战争，将斯特拉斯堡又一次划给对岸的那个国家。不是我偏待法兰西，我只是真心愿意所有途经这个城市的人，都能太太平平地坐在伊尔河边，一边听着法国音乐，一边悠悠地享用着德国猪肘和黑啤；所有在这片土地上生活的孩子，再也不会因为最后一堂母语课而过早地丢失他们的童年；所有世世代代在这里居住的人们，再也不会被一纸合约一夜之间连根拔起，一觉醒来懵懵懂懂地成了另一个国家的臣民。

向北方

　　到达那个叫小湍流（Little Current）的地方时，是下午两点。我仰脸看天，太阳已不在天正中。阳光晒在脸上依旧是热的，可是脊背却隐隐约约有些疼——那是风在隔着衣服啮咬我的肉。北安大略的秋季是狡诈多端变幻无常的，可以很冷，也可以很热，隔开冷和热的，常常只需要一片小小的树荫。在冷和热中间，老天爷还会随时变出七七四十九种戏法。我是两天前匆匆定下这趟行程的。我知道我已经错过了走访北方印第安领地的最佳时节，可是没有什么东西可以挡得住一个文学女人的心血来潮——我其实完全没有资格责难季节的不可靠。

　　那阵子我已经做了十一年的听力康复师，并在不怎么充裕的业余时间里写出了三部长篇小说：《望月》《交错的彼岸》《邮购新娘》，都是关于江南故土的。很多年后，这三部小说被结集再版时，获得了一个高大上的名字："江南三部曲"（对不起了格非，不是有意和你撞名的）。写这几本书时，积攒了几十年的倾诉欲望，如被突然挪开了挡道之物的水流，排山倒海地涌泻出来，非但没有经历想象中的艰难和困顿，反而很有几分舒适自如。后来在某一个夜晚，我躺在床上，睡意却迟迟不肯光顾，脑子里不知怎的就涌上了那三部小说里的各样场景和人物：街边梧桐树干上的纹理，落叶上包裹着的虫子，被时光咬得稀薄透光的竹帘子，坐在破旧的木屋门前织毛线的女子，她们说话时带着的那一丝娇嗔语气……那些街景和人物没有清晰的边缘，我甚至分不清他们到底属于哪一本书哪一个章节。我猝然惊出了一身冷汗：难道我往后要写的三本书，还有再往后的三本（假如我活得足够长），都会和前三本混为一体，互成投影和折射，或者干脆是改头换面的复印件，连我，它们的创造者，都分不出它们各自的面目？

就在那一刻，厌倦感毫无预兆地伏击了我。我开始厌烦了江南故乡那些窄小得只能容下一个人一条狗的巷弄，那些密密匝匝地住了人家的院落，那一双双在窗帘之后彼此窥探的眼睛，那些在身后喊喊嚓嚓的嚼舌声，还有那一场场淅淅沥沥怎么也下不完、下得墙上爬出绿鼻涕的梅雨……我突然醒悟过来：我进入了审美疲乏期。

逃离，我必须逃离，逃离熟稔和圆滑，逃离舒适和自如，逃离按部就班的环境，到一个完全陌生的地方，去寻找我尚无法预见的冲击。

两天之后，我就定了去安大略北部印第安领地的旅程。这一次，我罕见地没有做任何调研功课，就直接上了路。这一次，我不想让别人的感受诱导我的神经触角，我想完全依赖直觉行路，让粗粝的原始印象蹭破我在舒适和熟稔中滋养出来的细皮嫩肉——疼通常是让我觉醒的最直接途径。

我打电话给当地旅游部门预订住宿。"帐篷，我要住帐篷。"我对接电话的工作人员说。我所说的帐篷，不是那种现代人带着孩子和狗体验户外生活的营地帐篷。我指的是那种按照当年印第安游猎部落安营扎寨的方式搭建的家居——那是用十几条结实的树干作为骨架、外边围着兽皮、顶上开着透烟孔的帐篷。在他们的语言里，这种帐篷有一个听起来很有节奏感和韵味的名字：Teepee。

"Teepee，嗯，这个时节，恐怕不、不太合适……"我听出了电话那头的犹豫。

"我不怕，我会带上全副装备。"我打断了那人的话，斩钉截铁的语气让我想起了小时候读过的一本苏联小说《勇敢》——那是讲述一群无畏的城市青年人去白龙江流域的蛮荒之地兴建一座新城的故事。我至今记得书中有一个叫托尼亚的女子，而电话那头的那个人，正巧也叫托尼亚。

我们的车子一路向北行驶了一整个早上和半个下午，终于抵达小湍流，那个叫托尼亚的印第安女子已经在停车场等候。"这就是你们预订的Teepee。"她指了指身后几十米处一片在树林中开辟出来的小空地。

我看了看空地上竖立着的几顶帐篷，暗暗地把它们和我脑子里存留的那些照片做着比较。我发现实物似乎比印刷品上的样子瘦小了许多——不见得是尺寸上的差异，或许仅仅是因为实物的四周有了参照物。

托尼亚热情地过来帮我们卸后盖厢里的行李。她掂了掂我拉杆箱的重量，眼神里浮上一丝疑虑。"后座上还有睡袋和厚毛毯。"不等她开口，我便解释说。

托尼亚熟练地打开那个用兽骨和兽皮做成的结实套圈，掀开了Teepee的门。我还没来得及把整个身子探进去，就被一样东西狠狠地扎了一下——是从透烟孔里钻进来的风。在荒原上漫步的风和从透烟孔里钻进来的风都是狙击手，用的却是不同的武器。荒原上的风用的是铁掌，而透烟孔里钻进来的风用的则是钢针。刹那间，我觉得身上穿的那件毛衣薄如蝉翼。一低头，我看见了地上铺的那层厚帆布上，蠕爬着三只个头如同小蟑螂的黑蚂蚁。

"想好了要在这里过夜吗？"托尼亚问我。

我想回话，可是我的话找不到出口，我在瑟瑟发抖，我的舌头和我的喉咙之间出现了短路。理想是丰满的，现实却很骨感。我想起了这阵子很流行的一句话。

"这附近还有别的住宿吗？"被我抓来当车夫的先生问道。

"有。我家就经营三座木屋客房。你们运气好，刚好有一处空出来了，是最大的，离最近的居民点也有五公里，非常安静。"我听见了托尼亚如释重负的声音。

我问了一下价格，那是一个足够让我犹豫一个月的数字，可是先生决绝地拿过我手里的拉杆箱，转身朝车子走去。独裁和专横有时也不完全是坏事，它能让悬而未决的心情瞬间落地，把犹豫踟蹰等词语毫不留情地塞回到词典里去。

又开了很久的车，才终于抵达托尼亚的木屋，这时天已傍黑。我终于明白了在加拿大广袤的北方领土里，时间和距离都是按照另外一套法则运行的。界定日子的不是时钟和日历，而是太阳的起落；而"附近"这个词仅仅代表两个可以连接的点，与两点之间的距离长短没有必然的关联。

托尼亚的木屋坐落在一个山坡上，面临一片湖。湖水的颜色很深，稍后当我们从木屋的窗口再次看到它时，它已经化为了一汪浓腻的墨汁。在此刻一息尚存的光线中，湖滩上的鹅卵石在灰白黄之间举棋不定地变换着颜色。"等到明天天大亮了，你们可以在湖滩上散散步。你们会发现那些石头不全是石头，有些是野鹅的蛋。尽量不要搬动它们，还是照着神灵最初把它们摆置在那里的样子为好。"托尼亚说。

托尼亚的木屋是一座名副其实的"木屋"，屋里屋外一切用具全部都是原木建成。桌椅柜子的四角雕着各样飞禽走兽，有鹰有熊有狼也有狗。它们或是飞，或是爬，或是跑，或是跳，各居一态，极少重样。刀下得很深，却几乎没有修改磨饰的痕迹，姿势神态古朴生动。客厅的正墙上挂着一幅水粉画，留白很多，颜色却很少，有些类似中国的水墨。画面上是一个印第安老人，脸上是千层饼一样繁琐深重的皱纹，手上也是。老人举着一支火把，火不大，刚够在脸的轮廓上抹下一层朦胧模糊的亮光。画的下角写着一行英文字："Even the best technology needs a spirit to carry it."（即使是最高级的科技也需要一个承载它的灵魂。）

我盯着那张画看了很久。那张千层饼一样的脸隐隐提醒我另外一个熟悉的人，可是我绞尽脑汁也想不起他是谁。名字是在早上醒来时毫无预兆地跳进我的脑子的，那时我早已放弃了追究。

甘地。那张脸让我想起了圣雄甘地。

卸下行李，煮上沏茶的水，天就全黑了。夜晚的世界和白天的世界是两个截然不同的领地，各自臣服于各自的主人。白天的世界里竭力彰显的那些事，夜晚的世界却在抵死遮掩。可是夜晚的手法并不高明，到处都是破绽。夜晚藏得住的只是形状，夜晚却藏不住声音。夜晚把一切形体都转化成了声音，千倍百倍地放大了，扔掷在人的耳膜上。夜晚的一切声响都让人联想起海啸之前的风雨，还有兵马行进，或者铁器相撞。

压在那一切充满了杀气的声响之上的，是林涛。对于一个在江南都市出生长大的人来说，林涛是一个只在《林海雪原》之类的书籍里见过的名词。我的眼睛认识它，而我的耳朵却对它全然陌生。可在那天夜里，我才第一次体验到林涛其实是一串不明来源、不知去处，没有逗号也没有句号的闷雷，它一轮又一轮地从屋顶碾过，带着无法安抚、不可遏制的怒气。那座白天看起来无比结实敦厚的木屋，夜晚却突然成了一个不堪一击的纸房子，而我，也似乎随时要被坍塌的木料压成齑粉。

我掀开窗上的厚布帘，朝外看去。夜空阴郁，浓云密布，公路完全不在可视的范围之中。不仅是因为光线，也是因为距离，因为公路和托尼亚的木屋之间，相隔着一条蜿蜒漫长，在白天看来都显得边界模糊的小路，而小路此刻已经被黑暗彻底吞噬。唯一在这黑布一样的夜色中撕出一个极小的洞眼的，是我们停泊在几步之外的面包车上的自动定位灯。那一明一灭的小红点，把我们的行踪暴露给了外边的世界——人的世界，还有野兽的世界。

"这里离最近的居民点，也有五公里的路程。"我想起了托尼亚说的话。这句话有两种解释，白天的和夜里的。白天的解释复杂多元一些，比如世外桃源、远离尘嚣、返璞归真……而夜晚的解释相对简单，它仅仅意味着危险。

我不由自主地打了一个寒噤。

我打开厨房的每一个抽屉，疯狂地寻找着所有能找到的大大小小的刀：切菜的、剁肉的、割牛排的、削土豆的、剔肉骨头的……把它们一一插在门上和窗上任何一个有可能被破入的锁圈中，然后把手机搁到了911报警电话的页面上。那时我还没有意识到自己的愚蠢——最近的警察局也在十五分钟车程之外。十五分钟里，要发生的事情早就发生过了；而没发生的，还有许多时间发生。平生第一次，我懊恼起心血来潮做下的决定。

终于把所有的门窗都插上了刀子——幸好托尼亚为这个住所置备了可供一个连队使用的餐具，我们终于惊魂未定地坐下来，吃微波炉里热出来的盒饭。吃完了，我端着热茶，坐在沙发上，隔着玻璃天窗，端详着头顶那块黑洞洞的天。突然，我差一点惊跳起来：我发现天窗上方出现了几块先前不曾见过的光团。那光是清冷的，接近于水银，界限清晰，完全没有拖泥带水的毛边，像灯，又不完全像灯。过了一会儿，我才猛然醒悟过来：那是从破碎了的云层里钻出来的星星。那光亮、那形状、那色调，皆与都市里的星星有着巨大的不同，你甚至很难联想，这两者其实是浩大天穹里的同胞。把它们与都市里那些猥琐黯淡的同类区分开来的，其实只是一片未曾受过污染的纯净大气层。至此，我才懂了"星斗如炬"这一词语的真正含义。

原以为这一连串风声鹤唳的经历会让我失眠，没想到一沾枕头我居然毫无过渡地睡着了，可见疲乏的力量是巨大的，即使恐惧也无法与它匹敌。眼睛一睁，已是次日早晨。掀开窗帘，阳光攒足了劲道冲进来，差点将我撞个趔趄。屋外树林的颜色，又比前一天浓腻了一层。这样纷繁交错的色彩，是安大略秋天常见的风景，只是和都市里的树木相比，这里的树木又有些不同——前者是水粉，后者则是油画。风安宁了，门前的湖水仿佛已在昨夜的喧嚣中喊哑了嗓子，此刻只是静默无声地流淌着。除了偶尔几声鸟啼，一切似乎都是默片电影中的场景。想起昨夜在门窗上插的那些刀具，我不禁哑然失笑——笑的是自己的愚蠢。都市的思维方式，在这里遭遇了意外的颠覆。对这片还没有被现代文明踩践得太深的蛮荒之地来说，凶杀、抢劫、劫持之类的概念，都是外语词典里的生词。上帝的手指在这块地盘上画了一个圈，这里就成了一个百毒不侵的世外桃源。

托尼亚开车过来引领我们去参加部落的帕瓦集会。帕瓦是印第安人的户外社交歌舞聚会，通常在夏季，有时也延伸到秋季——如果天不太冷的话。有点像中国的集市庙会，但也不全像，因为帕瓦除了庙会特有的喧闹之外，还有着庙会所不具备的肃穆，因为帕瓦也是印第安人祭祖谢恩的日子。一乡有帕瓦，四乡的人都会赶来瞧热闹。在地广人稀的北安大略领土上，帕瓦是平日里居住得极为分散的乡人们见面、叙旧、购物、显摆服饰的难得机会，一场帕瓦能叫沉寂一年的土地突然涌出生气。

虽然一路上我不停地告诫自己要有耐心和定力，可是一到现场我立即陷入了多年来逛商场集市时形成的恶习：在第一个摊位上，我就几乎花完了我的全部预算。我买的第一件礼物是一把鹰羽做成的扇子，羽毛已被修饰齐整，染成明艳的宝蓝——这是我唯一不喜欢的地方。其实我更愿意那些羽毛以它们原本的颜色和形状面世，也许没那么明丽，也许会参差不齐，但却更能让我想起雄鹰而不是孔雀或者山鸡。扇坠是一个木刻的鹰头，阴冷刁狠的样子，很是传神。这是一件奇特的饰物，后来我把它送给了一位文友。我的手指缝不紧，用我母亲的话来说，我是守不住好东西的，我总会忍不住把它们转送给别人，通常只是为了赢得一个欣赏和默契的眼神。鹰在印第安文化里占据很特殊的位置，因为印第安人认为，鹰飞在天上，是和造物主最接近的物种。鹰代表勇敢，所以印第安男人的传统战袍上，都饰有鹰羽。许多帕瓦仪式，都以鹰羽舞开场。

　　这个帕瓦集会上，我就有幸看到了鹰羽舞。舞队由部落里选出来的四个最强壮的男人组成。他们用各式各样的姿势和动作，将一根在空中飘舞的鹰羽收入手中。鹰羽是勇士的亡灵，它在空中缓缓飞舞，迟迟不肯落地，仿佛在叙述着不羁，又仿佛在喟叹着不甘。当它终于落入一位穿着战袍的男人手中时，亡灵漫长的流浪之旅终于完结，它回到了它应该归属的人和土地中间。整个舞蹈过程中，所有的观众都静默肃立，风过无声。我突生感叹：世间最打动人的歌舞，从来都是关于战争而不是关于和平的，可见我们的血液中对勇敢的渴求，远远超过安宁。

　　帕瓦会场上有个舞台，是用松枝和帆布搭成的，结实，却不张扬，甚至有几分简陋。有人走上台来，就着麦克风，轻轻地咳嗽了一声，众人就知道那是帕瓦的开场。托尼亚扯了扯我的袖子，告诉我台上那人是酋长格兰。当然，酋长已经不是几百年前的那种酋长了。托尼亚说现在的酋长都是按了大城市那一套竞选方法民主推举出来的——都市文明早已在这里插上了一脚。所以这位名叫格兰的酋长虽然穿着繁琐的兽皮鹰羽古衣，说的却是现代人的话，一遍英语，一遍乌吉布唯①语。他谢过天，谢过地，谢过日头月亮星星，谢过四季，谢过八方的来风和雨水，谢过空中地上的各样飞鸟鱼兽，谢过年成，谢过左邻右舍……那洋洋洒洒的一串祝谢，记录下来，就是一首带着天然韵脚、抑扬顿挫、神采飞扬的长诗。我悄悄问托尼亚：格兰酋长受过什么程度的教育？托尼亚看了我一眼，目光中似有隐隐的愠意。"我们印第安人的祝祷词，都是从心尖涌到头尖的，不需要书本。"她说。

接着便响起了鼓声。

我一生没有听见过这样的声音。

捶鼓的是八个脸上抹了花纹的壮汉，围着一面兽皮大鼓而坐。看不出是谁领的头，鼓点响的时候，就齐齐地响了；鼓点落的时候，也是齐齐地落了。鼓点很慢，鼓槌落到鼓面，不过是序幕。鼓点留在鼓皮上那一阵阵的震颤，才是高潮。那震颤不像是从鼓和槌而来的，却像是千军万马纷至沓来的脚步声，也像是暴雨来临之前压着地面滚过来的雷，我的心跟着那鼓点在胸腔里狂跳不已。"热血沸腾"是一个在某个年代被用滥了的成语，可是那天我的脑子里却反反复复地回响着那四个字。我的血潜伏在身体的深处，在江南阴湿空气的压制下冷冷地观望了半辈子，可是那天却如黑风恶浪，急切地要在北方的天空下寻求一个决堤的口子。

---

① 乌吉布唯，印第安民族的一个分支。

在鼓声的间隙里，我听见了歌声。其实，歌也完全不是想象中的那种唱法，我甚至不知道把那些声音叫作歌是否妥当。没有词，只有一些带着大起大落旋律的呼喊。那喊声高时若千年雪山的巅峰，再上去一个台阶，就顶着天了。低时却若万丈深潭的潭底，再走下去一步，就是地心了。那声音如强风在天穹和地心之间穿行自如，从水滴跳到水滴，草尖跳到草尖，树梢跳到树梢，云层跳到云层，没有一种乐谱能记得下这样复杂的旋律，没有一种乐理可以捆绑得住那样的强悍和自由。世间所有的规矩和道理都是针脚，是把人钉在一个实处的，可是那声音却从所有的针脚里挣跳出来。它与声带无关，与喉咙嘴唇舌头无关，甚至也与大脑无关。它是从心尖生出就直接蹦到世上的，没有经过任何一个中间环节的触摸和污染。听着听着，我觉得脸上微微生痒，摸了摸，是泪水，这才醒悟我的灵魂已经发生过了一场七级地震。

男人上场了。

男人们穿的并不都是战袍，但衣冠上都多多少少饰了鹰羽。男人的手上举着各样的武器和工具，他们的祖先就是用这些物件收获食物、保护女人和孩子的。男人的舞蹈带着强烈的叙事意味，叙述的是自古以来就属于男人的事：祭祖、问天、出征、狩猎、取火、埋葬死者。男人的动作强健粗犷，男人的表情却甚是冷寡，因为男人的话都已经写在手和脚上了。

女人的面容就鲜活多了。女人的衣饰是与战争无关的：五彩的披风，绣满了花朵的裙子和衣裙上叮当作响的佩铃。女人不爱讲故事，女人的舞蹈是关于天气和情绪的，比如阳光，比如风，再比如快乐。托尼亚告诉我：在乌吉布唯族的领地里，女孩子长到十岁时，母亲就会在她宽大的披风上缝五个佩铃。从那以后，每一年母亲都会在同一件披风上再添加五个铃铛，直到女孩成年。所以根据披风上铃铛的数量，就能推算出一个女孩子的年龄。女孩们穿着缝制着佩铃的披风，沿着帕瓦的场地轻盈地行走起舞，漫天便都是铃铛的撞击声——那是天籁。

已经成年的女人穿的是缝着蝴蝶的披风。她们的舞步很单调，变幻多姿的是她们的手势。女人的手和胳膊随意翻动着，满场便都是五颜六色的蝴蝶翅翼。女人们踢踏的脚步扬起细碎的沙尘，露着牙齿的灿烂笑容让人忍不住想起年成、儿女、原野、树木这一类的话题，女人的出场使得声音和色彩突然都浓烈了起来。

已是秋日了，一早来赶帕瓦的人早已着了厚厚的秋衣秋帽。可是中午的太阳正正地晒下来的时候，就又有了几分回光返照的夏意。场上跳舞的和场下观舞的，脑门上渐渐地都开始闪亮起来——那是汗珠子。

最后出场的是孩子。

孩子们的装饰简单了许多，父母都不愿意把太精致的手艺浪费在他们尚未定型的身材上。男孩也有鹰羽，女孩也有蝴蝶，只是这鹰羽不是那鹰羽，此蝴蝶远非彼蝴蝶。孩子们的年龄有大有小，大些的，已经到了尴尬的时节了，动作表情都有些虚张声势的冷酷。小些的，还没经历过几场帕瓦，舞步还是疏惶无章的。最小的几个，还在蹒跚学步，一上场就哇哇大哭起来，惹得场下的人笑得前仰后翻。

鼓点又响了起来，这次就换了节奏，极快。

场上突然跑上来一个矮瘦的男孩，在场正中站定了，朝众人亮了一个相，便跟着鼓点飞快地旋转了起来。男孩头戴一顶兽毛战冠，眉心悬挂着一片黑黄相间的护额镜，身着嫩绿衣装，前胸是一排刺猬毛编成的护身，后背是一扇硕大的翠绿鹰羽盾牌，两个脚踝上各是一串青铜镂花响铃，衣服上缝了许多的兽蹄和几何图形，因着飞快的舞步，细节看得不甚分明。无论鼓点如何急切，男孩牢牢地胶在鼓点上，鼓起脚动，鼓落脚止，毫厘不差。铃声如疾雨抖落一地，衣袍若一片绿云，被风追得狂飞滥舞，直看得人眼花缭乱。

轰的一声，鼓止，男孩稳稳地站住了，全场愕然。半晌，才响起一片呼哨，众人咚咚地跺着地，齐声尖叫起来。

"这是酋长的儿子，叫小格兰。小格兰还不会走路的时候，就会跳舞了。"托尼亚告诉我，"酋长年轻的时候，跳起舞来也像风。不过，跟儿子比起来，还是差了几分。"

老格兰走过来，一把抱起大汗淋漓的小格兰，把他高高地举在空中转了几圈。他其实是想把小格兰扛在肩上的，只是他们身上招摇繁琐的服饰在碍着路。碍路的不光是服饰，还有老格兰的赘肉和肚腩。放下小格兰的时候，老格兰的呼吸已经乱了路数。

我问托尼亚，我可以和这对父子合影吗？托尼亚拉过我去，把我介绍给了老格兰。"多伦多……中国来的……多年……作家……诊所……听力康复师……"托尼亚的介绍语速很快，似乎想在最短的时间段里尽可能全面地展示我辉煌的一生，我突然感觉我在进行着一场急切的求职面谈。

格兰酋长哈哈地大笑了起来，声如洪钟："欢迎你，远方来的朋友，我们尊贵的客人。"

我想解释我并不远，我和他居住在同一个省份之内，即使严格按照交通法规限定的速度开车，我们之间也只相隔四五个小时的车程。可是他没有给我机会，他一把紧紧地抓住了我的手。

"我去过你的国家，三次，都是我年轻的时候。青海。"

我终于明白了，格兰酋长的耳膜是一面大网眼的筛子，托尼亚内容繁多的介绍词，在经过那面筛子时，早已被过滤得只剩下一个关键词：中国。

"塔尔寺，我去过很多次。那附近有一个很好的藏药医院，我跟一个活佛学过半年的藏药。我还有一个藏族名字。"

格兰酋长从口袋里掏出一支笔，在自己的手心歪歪扭扭地写下了几个字。我对着阳光非常费劲地看了几遍，才看出是"扎西多吉"。

"我们印第安人的治病理念和藏药医生有很多相似的地方。"酋长说，"比如我们都相信恶念会在血液中产生毒素，灵魂对身体有洁净作用，大地长出来的东西是世上最灵的药物。"

他从地上捡起一根枯树枝，扫开一堆乱草，拨出一蓬毛茸茸的植物，对我说："比如这个东西，在我们的话里叫松鼠尾巴。城里人拿它种在花园里，陪衬着花，当景致看，而我们却拿它来做药。揉碎了，敷在伤口上，可以止血消肿。小孩子便秘，泡茶喝了，可以润肠。"

我弯下腰，摘下几片叶子来，放在手心揉碎了，那碎叶子便渗出一丝淡绿色的汁液。我低头闻了一闻，气味极为清淡。秋已经把盛夏的阳光消耗完了，北方领土的大部分植物已经进入了生命的晚年，包括这株松鼠尾巴。我拍了拍手，那些带着最后生命气息的碎草末无声地落到了生养它最终也埋葬它的泥土之中。

格兰酋长看了我一眼，身子突然矮了下去。只见他单膝跪在地上，伸手从怀里掏出一个看上去有点像中国荷包的白布口袋，从里边挑出一撮深褐色的东西，放在那株失去了几片叶子的松鼠尾巴旁边。

后来我才知道，那东西是烟丝。

"齐米格唯齐。"格兰酋长闭着眼睛，轻轻地说。

我听懂了这句话。托尼亚教过我，这是乌吉布唯族人的致谢语。

"乌吉布唯族人不能浪费大地母亲的馈赠，我们从大地取走的，我们一定得回馈大地。"酋长说。

我想起那几片被我揪下揉碎，又当作垃圾随手扔掉的松鼠尾巴叶子，深感羞愧。

日头斜了，天色渐渐暗了下去，北安大略的白昼很快就要走到尽头。我们辞别托尼亚和格兰酋长，踏上了归程。回头一望，帕瓦的人群和喧闹声已彻底远去了。通往桃花源的路曲折漫长，走了整整半辈子，归程却很短，只需要一道弯。在一天最后的稀薄光亮里，秋虫奋不顾身地朝着车窗扑来，我甚至听得见它们的身体在挡风玻璃上撞成一滴滴浅绿色肉酱时发出的声响。它们没有脑子，也没有眼睛。它们只知道一种追求光明的方式，那就是奋不顾身。

北方。这就是北方。我默默地想。

勇敢。孤独。醇厚。坚韧。奉献。容忍。感恩。忠诚。

这大概就是北方的气血和精神。

我觉得有很多话要讲，可是我却沉默了一路。我感觉我肤浅的生活表皮之下有些部位被触动了，生出一些介于痛和痒之间的感觉来。可是等我能够把这些感觉用文字表述出来，却已是几个月之后的事了。

几个月之后，我完成了一部中篇小说《向北方》，刊发在《收获》杂志上。小说讲述的是一个藏族女子在北安大略印第安领地里与险恶的生存环境苦苦相搏的故事，这篇文章里的一些文字，就出自那部小说。直到今天，《收获》的主编程永新先生见到我时，还会谈起那部早已被人们遗忘的小说，认为它是我最好的中篇作品。不是每一部小说都能让我激动，而《向北方》的写作过程使我体验了燃烧和颤簌。那个给了我灵感的名叫乌吉布唯的印第安民族，还有他们身上携带着的、我至今尚无法用词语来定义的，只能权且叫作"北方精神"的特质，一直深深地藏在独属于我自己的某个角落——深到财富和欲望都无法探及。

一年以后，我写出了我自己的作品中流传最广的《余震》。那个故事的背景，是与温州遥隔千里的唐山，它后来被冯小刚导演改编为灾难巨片《唐山大地震》。

又过了两年，我写出了广东华工到落基山脉讨生活的世纪家族史《金山》。

在一切情绪的尘埃已经落定了的今天，回望许多年前的那次印第安领地之旅，我觉得那是冥冥之中的一个天意。那次行程仿佛是一道分水岭，改变了我和生我养我的江南故土之间的关系。那次行程之后，我的创作灵感从江南故土游离开来，我的文字像一个满心渴望离家去看世界的少年人，从熟稔的故乡走向了陌生的他乡，比如印第安领地，又比如唐山，又比如开平。

我在他乡游移了数年，但却没有驻留。最终，我的灵感又从他乡回到了故乡，近年里我写下了以江南为背景的《阵痛》《流年物语》和《劳燕》。我终于明白，故乡其实在我的血液中，无论是离去还是归来，故土是我随身携带的行囊，离去只是为了换一种方式回归。

只是，如今我笔下的江南故事里，已经有了隐隐约约的北方气血和神情。

因为我经历了那个叫小湍流的地方。我认识过了一群乌吉布唯印第安人。

朝花夕拾

童年、故土、母语是一串特殊的生命密码，已经永久地融汇在一个人的血液中，无法剥离，也无法排除。

杂忆洗澡

　　我的故乡在浙江南部的一个小城。小城在偌大的一片神州版图里细若粉尘，几乎可以忽略不计，却因了湿暖的四季和常年柔软的轻风，生出了一些花红柳绿洁净安恬的街景。蓬头垢面的外乡人走进这样的街景，忍不住感叹小城人头脸的光鲜整洁。外乡人当然不知道这片光鲜整洁背后的曲折故事。凡在这样的江南小城里住过的人，大概都不会忘记从前洗头洗身的窘迫情景。

　　那时的旧城区都还没有卫生设施。所谓的卫生设施，当然是指抽水马桶和淋浴设备。我家住在老城区的一条小巷里，不通自来水。洗菜洗衣洗头洗澡，用的都是巷底那口百年老井的水。井很深，四壁长着幽暗的青苔。井沿凿了一行隶书，被岁月销蚀得只剩了残缺不全的"永嘉"二字。井口有几个大小不一的圆孔——据说是弹洞。那口水井周遭，春夏秋三季，便成了男人们的天然浴场。晚饭之后，女人们自觉退回屋里，由着男人们脱得只剩一条裤衩，一根一根棍子似的戳在井边洗澡。说是洗澡，其实只是将一桶水从头顶淋到脚心，再拿毛巾在胸前背后斜搓几遍而已。男人们对这种透明度极高的洗澡方式早就无师自通，运用自如，毛巾进入裤衩里面的动作极为敏捷迅速。偶尔有人在那个地段停留过久，便会引来一阵善意的讪笑。在赤裸相呈的那一刻，一切等级界限突然含混不清起来。传达室的小跑腿也敢和市委办公室主任开一个介于粉红和黄色之间的无伤大雅的玩笑。笑完了，散开去的时候，身和心便都有了浴后的清凉。

女人则远没有男人那样幸运，长长的夏天里洗澡成了她们烦心的事。首先，她们要找到屋里最隐秘的一个角落来放置洗澡用的木盆。其次要闩好门窗，爬上凳子仔细地检查过窗帘有无漏缝。然后她们会在事先预备的凉水中掺上热水，调好水温，再在木盆中间摆一只小板凳。等到一切准备就绪，关了灯，才敢小心翼翼地褪下衣服，坐在板凳上擦洗身子。摸摸索索地洗过了，沉沉地把一盆漂着肥皂花子的脏水端出门去泼了，拿拖把将溢在地上的水擦干了，坐下来，又已是一头一脸的汗。

这样的日子过了二十多年。我在小城出生长大，对小城衣食住行的一切习俗细节非常熟稔，从来没有想过世上还存在着一些其他的生活方式，自然也不知道世上还有别的洗澡方法。只是后来世事发生了一些意想不到的变迁。有些一直在台上的人突然下台去了，又有些一直在台下的人突然上台来了。当北方的来风带着一些让人兴奋的信息一次又一次地拂过小城的街面时，小城的人才渐渐明白太平世道已经到来。在这样一个多事的岁月里，我考上了大学，先离乡，后去国，在外边的世界漂流了很久。我先后居住过五个城市，搬过数十次家。离家的日子里我尝过了诸多没有金钱没有爱情也没有友情的日子，遇到过诸多苦苦寻求又苦苦失落的人。常常一觉醒来，看见窗外那一片狭小的星空，不知身在何处。夜里入梦的，竟是家门前那条铺着青石板的小路，和巷底那口记载了诸多人世沧桑的老井。

20世纪90年代初，在去国五载之后，我第一次回到小城。惊奇地发现街坊临街的房子，大都已装饰一新地做了店面。老屋陷落在一片灯红酒绿的店铺中间，犹如一个嫁了多年，被岁月风干了骨血韵致的妇人，无语地憔悴着。出租车在家门前停下，母亲迎出门来，未语，已是两行老泪。伴我走过少年岁月的老猫已经去世，却新添了一只两个月大的幼猫。见生人，就羞答答地凑过来，咻咻地闻我的裤角。哥哥说是嗅洋味，众人便笑。

放下行李，母亲带我去邻人新开的发廊做头发。老板是个年轻俊俏的女人，一边麻利地动着剪子，一边向我打听着外边的世界。当她知道我是个学生后，便锲而不舍地问我奖学金的数目。待我说了，她就哧哧地笑："我以为呢。街里街坊，今天算我请客，不收你的钱。"那天的头发做得短短俏俏的很像回事，只是心情似乎没了。

带着一颈碎发回家，母亲张罗着让我洗个澡。从前用过的那个木澡盆，早已散成一堆碎木片，不知所终。母亲从床底下抽出一个崭新的钢精大澡盆，又拉着父亲帮忙支起一个一人高的尼龙布篷。见我疑惑，便解释，这是今年流行的浴篷，保暖，干净，不占地方。果真，数分钟后，母亲倒在盆里的水，便在篷里升腾起氤氲的热气。我钻进去，肌肉瞬间瘫软在水和雾的重围之中。虽然手脚蜷曲，弓腰驼背，却毕竟暖暖地洗去了一身隔洋的尘土。钻出浴篷，看见小猫正卧在母亲为我预备的换洗衣服上，长长地伸着懒腰。穿上温热的新衣，便知道我真是回家了。

第二次回家，又隔了五年。母亲告诉我，老屋正好落在市政改建区内，很快将要拆迁。拆的计划很是确定，迁的计划却有很多传言。有人说新房会建在原址，也有人说会在城郊的新区。有人说新房是一幢三十层的纯公寓楼，也有人说新房是商用民用混合式的，底下三层是店铺办公楼，三层以上才是住宅区。母亲相信每一种传言，于是，关于新屋装修的设计方案，就在各种传言的夹缝里一次又一次地诞生，也一次又一次地销殒。

走在小城的街面上，脚下的感觉却陌生有如外乡客。地虽然还是那片地，景致却完全不是那片景致了。乡音依旧熟悉，话题却有些隔阂了。楼很高，路很宽。我站在立交桥上看着霓虹灯在暮色中闪闪烁烁，汽车碾着夏日的热流驶进声音和色彩都很浓烈的街市，汹涌的人流里，已经没有一张认得的面孔了。心里惶惶的，竟有些失落。

巷子里的那口井还在，似乎更老了一些，也久已无人问津。井壁上的青苔，渐渐爬满了水面。丢一块石子下去，竟久久听不见一声回响。老街坊们如今家家户户都修起了装有抽水马桶和淋浴器的卫生间。晚饭后各自关起门来冲凉，便再也听不见井边人声和水声交织出来的喧哗了。我们家装的淋浴器是进口的，白色的金属箱上印着带有小蝌蚪的德国字。卫生间的墙壁和地板上铺的都是白底夹豆绿花纹的大块瓷砖。里边虽然狭窄得容不下一只最小号的浴缸，却足够让人在莲蓬头底下自在地挥舞手脚了。母亲踮着脚尖试过水温，又拎着拖鞋跟在父亲身后一遍一遍地叮嘱着："地滑，小心摔了。"父亲大概是怕费热水，只匆匆地淋了几下便出来了，偏凉的水激得身上微微地起了几片鸡皮疙瘩。母亲连忙递过用文火炖就的冰糖莲子汤。两人坐在落地电风扇前喝着汤，一边半心半意地听着录音机里袁雪芬咿咿呀呀地唱着《十八相送》，一边热烈地抱怨着电费水费的昂贵，灰白的头发在风里飞得抖抖的。

我想，小城的日子，大约真是好过起来了。

杂忆过年

儿时在温州过年，印象最深的不是年夜饭，也不是压岁钱，却是新衣。

母亲爱漂亮，又是个极其好强的女人，日子过得再紧，吃上可以马虎一些，头脸却必须是光鲜的。所以岁尾年终之际，一家人的新衣，便成了必置的年货之一。

从小跟在母亲身边，自然很早就有了关于美的朦胧意识。一到腊月初，母亲就拎着一个装了布料的网兜，领着我和哥哥穿过长长的凭票供应的年货队伍，拐进丁字桥巷一片门上贴着"金剪裁缝"招牌的小店铺。我积存了一年的耐心，便在缓慢的路程中零零星星地丢了一地。母亲一遍又一遍地吩咐裁缝，裁得长一些，宽一些，明年还能穿。而我却只能踮着脚尖，用几近哀求的眼神暗示裁缝，短一些，紧一些呀。裁缝极为精明，剪裁出来的新衣，总是落在母亲和我设想的那个尺寸的中间。

在那个色彩和线条都很匮乏的年代，母亲最离谱的想象，也只能停留在一条红色的领边和几个盘花扣子上。但这却已是我关于过年的全部企盼了。几天后，母亲捧了新衣回家，我小心翼翼地接过来，仔仔细细地叠平了，压在枕头底下。夜里躺下了，却睡不着，脸颊感受着枕头底下那一层薄薄的柔软，觉得自己与新衣是如此的近，却又是如此的遥不可及。一整个腊月，就在这样细雨一样连绵的等待中缓慢地逶迤着。直到大年初一，当我终于穿上那一套带着生硬压痕的新衣，和母亲走在拜年的路上时，我和新衣之间，却已经有了一层久别重逢的陌生。

对过年和新衣的企盼，如同一条细软却柔韧的丝线，穿起了我散珠般无章无序的童年和少年岁月。后来我渐渐长大，离开了故乡，去上海求学。大学毕业后，又去北京工作。再后来，就离开北京，来到加拿大留学。一次又一次离家，一次比一次走得更远。对过年和新衣的记忆，便渐渐地销蚀在求学和求职的环节中，变得遥远而模糊起来。

记得初来加拿大的第一年，在地广人稀的卡加利城读书，一切都是陌生而寒冷的。寂寞如雨前的天空，低矮却又无所不在地罩住了我的视野和心情。那时的电话费极贵，四加元一分钟。我舍不得打电话，只能一封又一封地写信回家。邮期一来一往就是一个月。待那一纸的凄惶终于漂过一汪大洋抵达那岸，而母亲的慰抚又漂洋过海地回到我手中时，早已时过境迁了。

那年的除夕夜，我打了第一通国际长途电话。家里那时还没有装电话，我只能打到邻居家，让她喊母亲来听电话。母亲的喘息声隔着一条电话线遥遥地温热了我的耳朵，我禁不住泪流满面。母亲也哽咽着，两下都说不出话来，却听见父亲在旁边一遍又一遍地催促着："你说话，你说话呀，电话费贵着呢。"父亲后来终于忍耐不住地抢过了话筒，问："你妈给你做的新衣，国际邮包寄出去两个月了，赶上过年了吗？"我想说早收到了，嗓子里却堵塞着一团咽也咽不下去的柔软。

回头一算，去国离乡已经三十年了。这三十年里世事发生了许多变化，国际长途电话费已经变成了数额几乎可以忽略不计的月租，微信一跃而上成为隔洋沟通的新宠。我父亲在七年前离开了这个世界，而我的母亲则已是垂暮了，自然也寄不动过年的新衣了。即使她还寄得动，在聚少离多的日子里，我早已受周遭环境的影响生出了与她迥异的审美观念。在她的眼光里，我的衣装不是太长就是太短，不是太松就是太紧，而且领口总是太低。甚至颜色，也似乎总是在隐隐地违拗着她的规范。

我现在隔几天就打电话回温州和母亲聊天，信却是再也不写了。在我定居的那个叫多伦多的城市里，每一个角落都住满了中国人。过年的喧闹几个月前就开始出现在报纸电视和电台的广告上。然而关于新衣的企盼，早已被岁月的积尘严严实实地压在记忆的最底层，虽然不曾彻底忘记，却是极少想起了。

我毕竟已经有了自己的生活道路，在做着一些喜欢和不那么喜欢做的事情，写一些也许不错也许甚是平庸的文字。从前我叫作彼岸的地方，现在已经成了我的家园。假如我的时间和皮夹子允许的话，我再也不需等到年尾才可以置办一件新衣。然而，我心里却比从前更加明白：过年不过是长长的岁月里的一些句读，把日子分成一个一个的段落，好叫我们借机告诉亲人和朋友们，在这个段落里，我们活着，平安，也思念他们。

此君只得山中寻

雁荡山在我的家乡温州，应该说与我沾亲带故，却因我自小体弱多病，对登山游海之类的事情天生心存恐惧，所以一直到1984年夏天，我才与此山有了一面之缘。

那年我的一位朋友，《中国青年报》的新锐记者王安，突发来温州一游的奇想。当时还在温州师范学院美术系任教的林晓丹先生听说了，就自告奋勇地要领我们去雁荡一游。

我认识林晓丹先生很久了，他的家族和我母亲的家族是世交。在那个动荡迷茫的年代里，几乎所有的家长都急急地要给孩子寻找一条就业的捷径。我母亲也不例外。我母亲曾经让我尝试过二胡笛子扬琴，终于因为我对音乐的愚顽不化而放弃。后来母亲建议我跟林伯伯学画。于是我就在林晓丹先生九山河边那间简陋的宿舍里度过了许多个周末。林晓丹先生是上海美院科班出身的画家，精国画。我跟着他学过工笔仕女花鸟，后来也尝试过兼工（笔）带写（意）风景。我的绘画之路由于自己缺乏足够的天分和坚持而最终不了了之，然而我的短暂丹青缘却在我后来的人生路程中留下了意想不到的痕迹。许多年后，当我成为一名作家的时候，一些评论家和读者常常注意到我小说里对色彩和服饰细节的关注，那大约是林晓丹先生多年前关于花鸟山水和任伯年仕女图的教诲在我心灵上留下的永久划痕。

20世纪70年代末我考上复旦大学离开温州，后来毕业来到北京工作，再后来离开中国来到了加拿大，离故乡渐行渐远，与林晓丹先生的联系也越来越少了。1984年夏天的雁荡之行，可以说是我和林晓丹先生最后一次的长时间近距离接触。当时我听说他在画一幅空前绝后的雁荡山水长卷。为此，他已经去了无数次雁荡山，对那一带的山水人文很是熟悉。

其实那次去雁荡的初衷是为了陪王安，所以起程时我并未真正兴奋起来。林晓丹先生那年应当是六十岁左右，却健步如飞。两个比他年轻许多的人并没能赶上他的步子。从背后看林晓丹先生，双手过膝，两耳垂肩，走路时脚跟窸窣地贴着草叶疾行，两只手臂一前一后地飞舞，一派仙风道骨（当然，这里使用了一些文学夸张）。他似乎认得那山上的每一道皱褶、每一块石头、每一条溪流，随时停下步子就能讲出一个典故、一件逸事。林先生讲话，并不看你，也不听你，仿佛他的睿智是一条单一方向的河流，勇往直前，并不需要任何的碰撞和交流。

80年代初的雁荡并不是今日的样子，旅游还是尚未来得及时髦起来的外来词语。那几天林先生将我安置在尼姑庵里，而他和王安则在附近农民家里栖身。清晨早起徒步走遍大小峰岭溪流，晚上则如倦鸟早早归林入宿。山岭尚未遭遇后来那样大规模的开发，一切都是自然随意静默的。有一天晚上我们决定去合掌峰。当我们流连在暮鼓声中时，竟忘了天正在变黑。变化是渐进的，当我们意识到时，我们已经看不清下山的路了。那是一条非常狭窄陡峭的石阶，一边是悬崖，另一边也是，一步之差将是粉身碎骨。我们一步也不敢挪动，只是静静地坐在石阶上，等待着上山的农民举着火把给我们照明。那一刻感觉天很近，仿佛伸手就能探到，地却很远，远到一切皆成身外之物。听着松针在夜风中相互搓摩，夜鸟从一条树枝跳到另一条，突然觉得心里有一样东西被惊动了——那是灵魂。

那个夜晚，我对雁荡才有了迟来的兴奋。

那样的瞬间对我来说是极其偶然的，而对林晓丹先生却不是的。那样的山路他不知走了多少遍，那样的夜晚早已成为他画笔下的常态。后来还陆续听说了他以雁荡为蓝本的画一幅又一幅问世了，隔着一汪大洋只是为他执着旺盛的艺术生命遥遥欢喜着。如今江南画坛如林晓丹这样的老艺术家已经屈指可数。山给了画以永恒的生命，画给了林先生以永恒的生命。近年来林先生的耳朵越来越背了，交谈变得越来越艰难。可是有一些交流是不需要语言的——语言有时甚至会成为圈囿和障碍。我知道，林晓丹先生已经把他灵魂的私密诉求，凝重地交给了他的山水。若想与他进行睿智超俗的交谈，大约还得寻他于山水之间吧。

谨以此文献给我的老师和长辈林晓丹先生，愿他的艺术之树常青。

也说越剧

我对越剧的兴趣，始于孩童年代。那是一段很不正常的时期，文化生活的天幕里除了八部革命样板戏，几乎一无所有。记得20世纪70年代初，温州越剧团上演了一出反映东海渔民治海造田事迹的现代越剧《七女闹海》。看见那七个性格迥异、名字里却都带了一个"兰"字的女子青春活泼的身影，仿佛是荒芜的沙漠里出现了一线彩虹。我和女友们一遍又一遍地去看这出戏，久久地议论着演员的衣装、扮相、唱腔，尤其对其中那位豆蔻年华，饰演"七兰"中最小的"一兰"的演员，更是如醉如痴——大约是因为她的年龄与自己的年龄最为相仿之故。街市上流传的关于她私生活中的一点一滴，都成了我和女友们日复一日的话题。我们甚至还找到了她的家，在门口一遍又一遍地等待着她出入的时机。有一回听见她在紧闭的院门中练嗓子，只觉得那是天籁之声。剧中的一些唱段对白，至今还能背得下来。时隔几十年，如今回想那段往事，幡然醒悟这其实就是那个年代的追星之举。

后来"文革"结束，"文革"前拍摄的一些越剧名剧如《红楼梦》《梁山伯与祝英台》《碧玉簪》等纷纷重新在银幕上亮相，我才明白越剧最适宜的载体，其实是才子佳人的爱情故事。当时越剧《红楼梦》风靡全国，贾宝玉的傻、林黛玉的痴、薛宝钗的圆、史湘云的憨、王熙凤的辣，瞬间通过银幕征服了大江南北的观众。一个地域性极强的剧种，却有了如此众多的观赏者，证明了艺术本无界。

后来我进入大学深造，渐渐步入英美文学的天地，在阅读的过程中惊异地发现，其实在许多国家的文化历史上，戏剧形式的形成都早于小说。在莎士比亚的年代，当戏剧是上至王公下至百姓日常生活的一个重要内容时，小说尚处在雏形阶段。而且，莎士比亚的悲喜剧中一个反复出现的主题"爱能征服一切"，也正是江南戏曲中的一个重要主题。这再次证明了艺术无界。人类对理想的精神家园的追求，是一种超越了种族语言和社会习俗限制的共性。然而，江南戏剧中的一些特性，又是和江南本身的历史地理环境息息相关的。江南悠久的文化浸润，温和湿润的气候条件，山清水秀的自然景观，都是形成江南戏剧中温婉含蓄缠绵因素的原因。这些因素是双刃剑，它们促成了江南戏剧在南方的生长和蓬勃，同时也限制了江南戏剧向北方天地更深更广的延展。

很遗憾，我那生于贫瘠的童年、根基浅薄的越剧之恋，最终未能在成年的世界里存活下来。成年后的世界经历了天翻地覆的变革，眼界开了，到处是令人耳晕目眩的诱惑。我没能战胜诱惑，我做了每个人在生命的某些阶段里都必须做的取舍。在我割舍下来的东西里，就有对越剧的好奇和痴迷。

小忆梅娘

认识梅娘，缘于她的女儿柳青。若没有柳青，我和梅娘的生命可能永远不会产生交集。在使用"交集"二字的时候，我心里不免有些大不恭的惶然：我的生命穿过梅娘的生命，只是一阵来无影去无踪的轻风；而梅娘的生命穿过我的生命，却留下了一道因光热而生的永恒烙印。

认识柳青，是在20世纪90年代中期，那时我刚搬到多伦多不久，在成为听力康复师的同时，也开始尝试写作。

见到柳青之前已经听说了她的身世——在相遇相知的因缘际遇中，有时耳朵会抢在眼睛之前行事。我们的初次见面，是在她位于密西沙加的大庄园里。当我踏上她家那个蹲着两只石狮的台阶时，我的心脏停跳了一拍——那是一种不可理喻的期待。尽管我知道我将结识一个充满了故事的女人，当柳青在午后的阳光里走出来，将我引进那个挂着齐白石真迹的厅堂时，我依旧吃了一惊——这是一个让辞典里的所有形容词都显得捉襟见肘的女子。

我那一半装着英美文学一半装着康复医学的脑袋瓜子里，瞬间泛上了一个已经渐渐开始时髦起来的词：基因。这样极品的女人，应该有个怎样的母亲？

于是我们的话题就自然而然地走向了我们各自的母亲。在那个下午和后来的日子里，梅娘的名字渐渐擦暖了我的耳膜。后来真正见到梅娘的时候，我已经深知了她的故事——那些与柳青的故事重叠的和不那么重叠的故事。

几个月后我在柳青的庄园里见到了从北京来多伦多探亲的梅娘。柳青为母亲的到来做了许多准备，硕大的庄园里有一个梅娘的专用区，她的卧室面向花园的凉亭，旁边是自己的厕所和厨房。梅娘房间的壁纸，爬满了温润雅致的长条花纹，使我想起维多利亚时期的英伦。坐在窗前的梅娘对我来说是另一种惊讶——一种不同于柳青的惊讶。梅娘的肤色黝黑，脸上的皱纹像版画线条一样深刻，它们你推我搡地随着她爽朗的话语在她脸上行走成一种又一种灵动的表情。我知道她脸上的每一道皱纹都有出处。幼年失母，少年丧父，青春失伴，中年失去儿女，这些分散在别人生命中的悲哀，却无一幸免地集中在梅娘的生命轨迹中。厄运像一块块边角尖利的岩石，匍匐在梅娘所经的每一个拐角之处，梅娘横竖是躲不过。柳青说母亲一生极少流泪。其实眼泪总得找一个去处，它们没有在梅娘的眼睛里找到出口，便渐渐化成了她脸上的皱纹。一条条，一簇簇。

"柳青对你真好呀。"我由衷地感叹。

"我要不要对她感恩戴德？"梅娘的回答带着一点孩子气的促狭。

在后来的日子里，我才渐渐明白，这就是梅娘表达对女儿关爱的方式。被生活打磨得极为粗糙的生命，正在安宁中慢慢放松。

那是一个秋日的下午，天好得像一匹刚从织布机上卸下来的新蓝，庄园里的果林正逢收获的时节，阳光在亟待采摘的苹果树上涂了厚厚一层的油画黄。那天我们的话题有些琐碎平凡，用今天的时髦话来形容，那天我们的对话格外接地气。我们谈起了被雨烂在地里的草莓，饺子馅的多种拌法，丝瓜汤该用什么肉配料。临走时梅娘给了我一个硕大的西葫芦，我们用它包了许多顿饺子，以至于我们的饱嗝里，许多天之后依旧还带着西葫芦的气味。

在那以后的日子里，我又见了梅娘几面，依旧在柳青的庄园里。梅娘在她有风景的窗口写作，字迹工整端正。我们的话题渐渐延伸到我们读过的书，我们写过的文字，还有我们经历过的历史。梅娘极少在那段大历史中刻意翻找属于她个人的小历史。我不小心碰擦到了，她嘿嘿一笑，说，谁叫我赶上了呢？没办法。开始时我以为梅娘是怕疼，后来才知道她的性格里有一样东西叫气度。在秋声渐起的窗口，梅娘的脸上映着浓腻而和暖的午后阳光，我知道她一生中最黑暗的日子已经过去。而我不知道的是，我一生中的黑暗日子正潜伏在前头的某一个角落里，等待着狙击的时机。

后来梅娘还是不习惯北美锦衣玉食的日子，思念她在北京简朴的旧居。于是她走了，悄悄地，就像她来的时候。再后来柳青也离开了多伦多。光阴荏苒，我们一晃就是许多年不曾联络。听说梅娘仙逝的消息，已是一个月之后了。我不禁想起了文化界所谓"南玲北梅"的说法，其实我对此一直不以为然。让那个用"红玫瑰"和"蚊子血"传神地描述了男人的薄情的张爱玲受伤的，不过是几个男人。而让那个脸上沾带着泥土的颜色和木刻般皱纹的梅娘受伤的，却是一个时代。张爱玲可以绕过男人，而梅娘却绕不过那个时代，因为她忍不住还是掏心掏肺地爱她的故土。所以"南玲北梅"的生活轨迹，终究只能是南辕北辙。留下的文字亦然。

梅娘终于可以和她深爱的那个男人团聚了。在那个世界里，希望再也不会有战乱灾难和别离。但愿一切都像柳青出演的《祖国的花朵》里的插曲一样，有舟有水有花有云，快乐美丽恬静。

是为祭。

故土，我的重荷，我的救赎

2009年，我来到广东中山领取第一届华侨文学奖。主办方带领我们参观翠亨村孙中山先生故居，我和老友刘荒田在故居庭院中发现了两只乌龟。我一辈子没见过如此硕大的乌龟，它们看上去体重足有二三十斤。当日适逢中山先生诞辰，园内在举办各式各样的活动，乌龟的周遭围满了看热闹甚至喂食的人。乌龟完全无视着周遭纷繁的色彩和噪声，它们只是沿着院墙的边缘爬行着，盔甲上洒着一层厚重的午后的阳光。它们行动起来的姿势很笨拙，头一伸一伸，似乎在丈量着地形和距离，手脚摆动的幅度很小，速度也很缓慢，仿佛身负重荷。

后来故居的工作人员告诉我们，这两只乌龟曾经是中山先生童年时的玩伴。我不禁大吃了一惊：原来它们见证过中山先生从一个牙牙学语的孩童成长为一个巨人的过程，见证过中国历史上从帝制到共和的巨变，见证过北伐和军阀混战，见证过日本侵略军在中国国土上的肆虐，见证过国共两党的数合数分，见证过新旧政府的更迭交替，也见证过新中国几十年途程中所有的发展变化。多少伟人已随风逝去，几个时代也都成为日渐模糊的记忆，所有的喧嚣和热闹亦烟消云散，可是乌龟依旧还在。它们丝毫没有夸耀自己的古老存在，它们甚至都没有意识到自己的古老存在。我怔怔地看着它们，突然觉得它们之所以能活过一切喧嚣，是因为它们背上的重荷。传承记忆，或许就是它们活下去的全部意义。

它们让我想起了我的记忆、我的重荷。我的重荷来自两条河流，一条叫藻溪，一条叫瓯江。

藻溪是一条河的河名，也是一个乡名，在浙江省苍南县境内。藻溪是我母亲出生长大的地方，那里有她童年、少年乃至青春时期的许多印迹，那里埋葬着她的爷爷奶奶父亲母亲伯父伯母，还有许多她叫得出和叫不出名字的亲戚。藻溪附近有一个地方叫矾山，那里有一个出名的矾矿。早些年没有公路，矾山出产的明矾石必须通过藻溪的驿道水道，运往北国和南洋。一条由明矾而生的山路成就了藻溪当年的繁荣，也成就了我父母亲的婚姻，当然，也间接成就了我的生命。

瓯江蜿蜒流过一个叫温州的城市。我在温州度过我的童年、少年和部分的青年时光，可以说是一个地地道道的温州人。二三十年前的温州是个极为闭塞的城市，不通飞机，不通火车。我们和世界的唯一联系，是水路。在那个物质和娱乐生活都很贫乏的年代里，我和哥哥常常做的一件事，是跑到瓯江边上，看着机帆船在水面划出一条一条波纹，农民的舢板在岸边卸下让我们垂涎欲滴的西瓜。我静静地坐在江边，看着远方水变成了天的地方，就想，远方到底有什么？那里的人是怎么生活的？我对世界充满了好奇。

我母亲的祖父辈在藻溪生下了儿女，外公长大了，心野了起来，就沿着藻溪往北走，走过了许多地方之后，在瓯江边上停了下来，于是母亲和她的弟妹们就相继在温州城里安下了家。后来就有了我。我长大了，我的心也野了，想去看外边的世界。藻溪不是我的边界，瓯江也不是，甚至东海也不是。我的边界已经到了太平洋。可是走得再远，那两条河流始终不放过我，一直揪着我的心。我终于明白，人和土地之间也是有血缘关系的，这种关系就叫作根。这种关系与时间无关，与距离无关，与一个人的知识学养阅历也无关。纵使遥隔数十年和几个大洲，只要想起，便心生疼痛，它是一个人背上永远的负荷。你有时不堪重负，真想卸下它，一路轻松地行路。可是你一旦失去这个重荷，你便丢失了牵挂，你会失重，继而失措，继而迷失。在负重和失重的两难中，你只能选择负重。记忆使人活着，就像那两只乌龟那样。

2008年诺贝尔文学奖得主，法国作家勒克莱齐奥曾说过："离去和流浪，都是回家的一种方式。"他指的是一个人在远离故土之后，却通过写作回归故里的路程。一个人一生的记忆是一个大筒仓，童年和故土是铺在筒仓最底下的那一层内容。成人后的经历会源源不断地在筒仓里堆积存储更多的东西，到了饱和的状态，最先流溢出来的总会是最表层的近期记忆，而童年和故土却是永远不会走失的基础。在我作为听力康复师的职业生涯中，我曾接触过许多阿尔茨海默病（俗称老年痴呆病）的病人，他们都无法维系成年后的记忆，严重者甚至不记得自己共同生活过多年的配偶，然而他们几乎都能清晰地叙述童年的朋友和故事。童年、故土、母语是一串特殊的生命密码，已经永久地融汇在一个人的血液中，无法剥离，也无法排除。

遗憾的是，故土不再是我们脚踩上去的那片土地，而是一个仅存于记忆中的概念了。现在的藻溪和瓯江都筑起了堤坝，岸边围着美丽的雕花栏杆，人行道上铺的是大块大块的气派十足的青石板地砖。只是，我再也下不了水了，我的脚板再也无法和水嬉戏，斗嘴，耍赖，甚至调情。站在写着熟悉路名的牌子之下，我恍惚不知身在何处。现代化进程对人文地貌和乡情的蚕食速度太快了，我记忆中的故土已经消失。作为一个小说家，我能做的就是把记忆以文字的方式存留下来，希望我的生命消殒之后，我版本的故乡依旧在我的书中活着。我乌龟似的背负着我的记忆，和现代文明做着或许无谓的堂吉诃德似的抗争。但这也是我的救赎，因为重量和疼痛都让我意识到我活着，还能行动。

修理自己

近年来我频繁地回中国。我对众人说是为了探望父母，是为了推销我的书，是为了同学聚会，云云。其实还有一个重要原因，我一直没有告诉大家——那是为了便宜地修理自己。

资本主义自由竞争的效益，在我身上是显而易见的。刚刚出国的那阵子，据一些不太靠谱的传说，我尚是一个明眸皓齿青春靓丽的女人。没几年工夫，我的眼睛近视加深了三百度，牙齿坏了两颗，头发白了几缕。我极端虚荣，自幼憎恨眼镜。我为自己不戴眼镜所找的借口是：我不戴眼镜时，我和你都显得好看一些。当我在办公室和家中制造了无数由于误视而令人捧腹的笑话之后，我终于决定修理自己的眼睛。我是指那种便宜的修理法，即回中国去做矫正手术。

这些年听一些回去探亲的友人们说了很多在国内如何"被宰"的恐怖故事，1991年第一次回国时我决定低头做人，轻易不回答"你从哪里来，你到哪里去"之类的高深问题。我像任何一个当地人那样，用花网兜装了一个搪瓷脸盆，去北京一家著名的眼科医院办理入院手续。收款部的小姐接过我的住院费后，仍将手伸在空中。我百思不得其解约有十几秒钟，才听见她掷来两个对我来说已经十分遥远陌生的字："粮票！"后来还是我身后的一个病人为我解了围："没有粮票，给钱也行。"

第二天我被推上手术台。那时还没有激光技术，使用的是放射切割法。医生在我眼里滴了几滴药水，头顶的无影灯就凝成了一朵猩红色的梅花。刹那间我惊恐起来，开始怀疑便宜的修理方法是否一定是好方法。十五分钟后，我被推回了病房。第二天早上我摘下眼罩，看到了一个朦朦胧胧的世界。我把手指伸到眼前，却看不见指甲有多长。当时我忍不住哭将起来，因为在那之前我从未想过戴眼镜的丑女人的对立面也许会是不戴眼镜的漂亮瞎子。护士闻声过来安慰："这叫矫枉过正，近视变成远视啦。过几天就好。"我将信将疑、忧心忡忡地在床上熬了一个星期。有一天早上醒来，突然发现一屋阳光灿烂，墙角有一只蜘蛛在辛劳地织网，查房大夫的眼角有很多皱纹。当我接过九百二十五块人民币的账单时，我毫不犹豫地给了一千块钱。至此方信谣传止于智者。

有了这次成功的经验，我对便宜地修理自己增添了更多的信心。相隔五年之后（那时回国一趟实属不易），我第二次回国，决定修理牙齿。在医院的走廊上，亲戚对我千叮咛万嘱咐："别多话，一切问题由我来回答。"走进治疗室，看见十几张躺椅一溜排开，上头花花绿绿地躺了些人，突然感觉像在不设隔帘的公共澡堂。医生吩咐我躺下，他不戴口罩的脸在离我几寸远的地方晃来晃去。我数着他唇上稀疏的胡子，暗暗希望他的鼻涕不会滴到我张大的嘴中。那种惊恐使我手脚冰凉，脸部表情僵硬。

"哪个单位的？"

在叮叮当当声的间隙中，他渐渐地与我熟稔起来，开始有了闲聊的兴致。

我借着牙钳的掩护哼哈了几声，打算搪塞过去。亲戚飞快地接过话题："煤炭部的，下岗啦，一个部门全没啦。你少收她点钱吧。"亲戚说得甚是恳切，甚至听起来比许多真话还要恳切。

医生咕咕哝哝地说了句什么话，便继续鼓捣起来。半个小时后，他递给我一张发票，让我一个星期以后来试假牙。

我看了一眼发票，是八十块人民币。我和亲戚交换了一下目光，小心翼翼地把笑藏掖起来。医生慢条斯理地脱下手套，一边洗手，一边轻轻地说："你左上面的那个烂牙，是在国外补的，国内没有这种材料。"他说这话的时候一直没有看我。

我和亲戚面面相觑，逃也似的离开了医院。

我的便宜地修理自己的计划，在实施的过程中基本一帆风顺，成果斐然。当然有时也会发生一些黑色幽默的小插曲。在等待假牙的那个星期中，我被蚊子折磨得不知所措。朋友向我推荐了一种据说亚非拉人民都在使用的驱蚊药水。我抹了之后，果真一夜无事。过了几日，只见腿上抹过药水的地方，长出了细细一层绒毛。一时气噎，就打电话给温州的老哥控诉关于假药的苦处。谁知老哥听了，大喜过望："千万别把剩的药水倒了，留着寄回家给我抹头。"

我老哥那阵子正在经历中年危机，很为他的谢顶问题担忧。

一封信

亲爱的父亲：

又是一年清明。你离开我，已经三年零五个月了。

三年零五个月前的那个秋天，天气阴郁，云层很矮，呼吸似乎有些紧。我的生活里发生了许多事，当然，最大的一件，莫过于你的离世。

那时，我结束了一系列的巡回讲学，回到温州探望你和母亲。其实那不过是一次寻常的探亲之旅，虽然你病了很久，但谁也没有想到，你会在我到家的第二天走。现在回想起来，你其实就是在等我。

你已经病了很多年，靠米汤蛋汤维持生命也已经一年有余。可是你的生命力真够顽强啊，你用你剩余的那一丝力气，紧紧地拽住这个世界不愿撒手，因为那里有你爱和爱你的人。你骨瘦如柴，稀疏的白发乱且长。母亲抱怨说一直找不到一个肯来家里替你理发的师傅。我随口就应承说我来吧，其实我一生没有替任何人完整地理过发。那天我替你理了发，虽然并不平整，看上去你却精神了一些。我出生时，是你给我理的第一次胎发。你走时，是我给你理的最后一次发。人生所谓的"孝道"，大抵就是如此。

第二天一大早，母亲来电话，说你情况很不好。我慌忙从自己的住处赶过去，你已经呼吸艰难。你的弥留状态维持了很久。看到你虚弱地为呼吸苦苦挣扎的样子，我心如刀割。后来我让所有的人走出房间——我想与你有一次最后的单独相处的机会。

"爸，谢谢你，一生中给了我如此多的爱。"我趴在你的耳畔，轻轻地告诉你。

"我会尽我能力，照顾好母亲，照顾好这个家。"

"爸，你太累了，你把眼睛闭上，睡去吧，你会走到一个没有眼泪没有悲哀的好地方。你放心，在上帝那里，你是安全的。"

你的眼角，流出了一颗浑浊的眼泪。我终于知道，你听见了我的话，一直都是。我已经收获了你给我的最后一个祝福。

我和你说完话，走到外边的房间，还来不及穿上袜子，你就走了。没有人愿意失去自己的父亲，可是没有人能留得住自己的父亲。我和你是以这样的方式告过别的，哀伤不舍之中，我心深有安慰。

遗体告别仪式上，你单位的来人做了一个充满善意的生平介绍："党的好儿子……好干部……好家长……"我麻木地听着，感觉陌生而遥远。

不，这不是我的父亲。这篇长长的生平介绍里出现的那个男人，似乎不是我的父亲。

我的父亲是谁呢？如果让我捡拾起记忆的碎片，哪一片是浮在最表层的呢？

1980 年的夏天，我从上海回到温州过我的第一个大学暑假。那时我在上海这个大世界已经生活了一年，开始见识一个小城女子所未曾见识过的大都市时髦。晚饭的时候，我闲闲地说我想把头发卷一卷，可是不知道哪里可以买到卷头发的卷子。

第二天清晨，我被一阵刺耳的声音惊醒。起来，走到后院，才发现你在用一把钝锯子，割锯一根长竹竿。

"孩子，有了，你的卷发卷子。"你流着汗，脸上是一种我无法形容的快乐和满足。

你的童年是在非常艰苦的环境里度过的。母亲曾经多次和我们说起过你这个矾山来的苦孩子提着鞋子舍不得穿，光脚进学堂的情景。我们从小长大，也一直接受的是勤俭度日的家训。家里买一个苹果，都是切开几瓣大家分食的。我童年少年的记忆中，几乎完全没有一家人外出吃馆子的经历。

可是我上大二的某一天下午，我刚从运动场打完排球回来，突然发现你等候在我的宿舍外边。你说是你的单位派你到上海出差——那是多大的一个惊喜啊。

那天你带我外出吃饭，叫的是很简单的两个菜和一盘饺子。你舍不得吃，只是看着我一口气把一整盘饺子都吃完了。你的眼神里有那么多的怜惜和钟爱，一层一层地裹着我，无限温暖。一个晚上你话很少，只是不住地叹气："学校的伙食，太差了。"

后来我大学毕业，去了北京，又从北京去了加拿大。一次又一次离家，一次比一次走得远。见你的机会，越来越少。每回家一次，就发现你又老了一些。后来你的行动渐渐困难，近期记忆维系时间越来越短。那时我还没有自己的住处，回温就和你住在一起。每当我晚上外出和朋友见面时，不管多晚，你都会站在家里灰黑的门洞里，等候着我安全到家，直至你最终卧床不起。至今回想起来，我依旧会清晰地记得你佝偻地站在风中，白发被风丝丝卷起的样子，便会忍不住为自己的不懂事流下泪来。

你给我的爱，奠定了我一生的坐标系。你教会我宽容、忍耐、怜悯，感念别人对自己的每一滴好处；在被误解的时候保持沉默，在被赞扬的时候感觉忐忑不安；对生活中拥有的一切心存感恩，对生活中缺乏的东西不存虚妄的渴求。

当然，你也教会了我在任何场合里使用自己的真名，坦然地为自己写的每一字负上卑微的责任。

我深深感谢上苍给了我一位像你这样的父亲。

这个清明，我又来到了温州。此行公私兼顾。私里边，就包括了给你扫墓。其实，我并不需要用清明祭祖的形式来想起你，因为你已经把你生命的密码永久性地灌注在我的血液之中了。我只要活着，就会一路携带着你。当我的生命不复存在时，你依旧会借助我的文字，在我的书里存活着——我指的是你的精神气血。

爸，我虽然舍不得你，却知道有一天，我们还会再见的，在一个永远是春天，没有眼泪，也没有哀伤的地方。

你永远的女儿：张翎

2014 年清明

也说"书生"

　　自幼笃信孔老二，认定书中当有黄金屋，从此看淡家中茅草屋，将世上诸多烦恼之事推出窗外，唯圣贤是顾。虽无卧薪尝胆之志、凿壁偷光之苦，却也日出而读，日落未敢怠息。读遍可及之书，考遍可考之试，虽未赶上天子金銮殿面试之时，却也有过雁塔金榜题名之日。于是乎，去国离乡，不觉五载有余。时时入梦者，非诗非书，乃是老家门前的青石板路。一日兴起，便把那一怀乡愁换成了机票，一趟"波音"飞抵故里。

　　"的士"停下，老母来迎。未语，竟先两行老泪。顾左右，旧邻舍皆迁。几排霓虹灯，照出数个发廊美容厅。更有几处亭阁楼宇，重重帘幕，隐隐笙歌。只是自家茅舍无多变迁。老墙更灰，窗前油漆剥落些许。老猫已故。新添小猫若干只。见生人来，便把嘴来嗅。邻人戏言："嗅洋味。"

　　次日，便有甲乙丙三君来访。甲君乃中学同窗，多年"一帮一"，从未"一对红"。此君早已"下海"卖裳，盖得楼房有三。

膝下一儿一女，虽流清鼻涕，却识得摆弄"大哥大"。细看手挽之丽人，细嫩如春笋，已非当年之黄脸夫人。乙君乃旧时沙龙名人，立志要考证莎翁之黑肤女郎为何人。数年不见，一头重发所剩无几。"梦特娇"西服之下，有小腹微微隆起，凭空多添几分贵气。问及家眷，却道已与妻妹去巴黎，在拉丁区某某街上开有一处风味餐馆。早有烫金名片递过，曰某某公司董事长。一身冷汗，便知趣将莎翁话题藏掖。倒是那丙君拘泥如昔。门槛上站着，瘦如枯枝。一件旧汗衫，风里吹着，有些个不中闻的味儿。未见家室同行，相问，不语。再问，嚅嚅如处女。甲君代答："一心考托福，无暇娶妻。"甲君便问我美元可攒得几许，乙君问我别墅可置有几幢，有否去过夏威夷，正欲将实话道来，见老母一脸喜气，便不忍，只将闲话搪塞着。

在家数周，将些个该看的看过，该吃的吃了。未敢忘孔先人遗训，又要去国离乡苦读。甲乙二君来送，皆手持红包，谓"上路之喜"。丙君无语，千呼万唤始过来，塞过一小手巾包，细嘱："无人处，方开启。"当时匆匆，便在箱角搁起，不再理会。

到了美国，诸多烦心之事，早将甲乙丙诸君抛诸脑后。一日有雨入室，衣箱俱湿。开箱，见手巾包，方记起丙君之言。急启，见一鹅卵石，状如婴掌，光可鉴人。雕有小字："他年雁塔题名时，请遣鸿雁先报知。"——乃十数年前高考前夜之旧赠。抚石太息：书生之迂腐，古今中外皆如此也！

妞妞小传

妞妞是一只非纯种的波斯猫，浑身洁白，没有一丝杂毛，只是没有纯种波斯猫应该具备的一蓝一绿的眼睛。

在失去妞妞很久以后，有人告诉我们，纯白色的猫是最难生存的猫种。我相信了，但却是后话了。

妞妞来到我们家的时候，只有四个星期大，躺在我的手里，尚盖不满一个掌心。她还不会吃东西。我们不知该怎样喂食，最后只好用一只废弃了的注射器，给她往嘴里注射从超市里买来的牛乳。

妞妞甚至不知道怎样睡觉。她躺在地毯上，头和尾两头高高翘起，像是冬天枯死在枝头的一只僵硬的虫子，让人担忧她在这样的姿势里，怎样能得到婴儿猫该有的优质睡眠。于是我杞人忧天地给她在脖颈之下垫了一块软布，权作枕头。有时甚至让她躺在我的肚皮之上，用我身体的凹凸，作为她安歇的婴儿床。每当这个时候，我一动也不敢动，连翻一页书，也得格外小心翼翼，怕惊醒她其实一点儿也不脆弱的猫梦。

她甚至不知道怎样发出叫声。她的嗓子是那样细弱，她呼叫的时候，更像是一声被截去了一段尾巴的怯生生的呼吸。每一声呼叫都如细针扎心。

看着那一小团粉红色的秃尾巴肉，我总是忧心忡忡。这玩意儿，这看上去能被老鼠吞吃了的小玩意儿，能长大吗？她就是长大了，她也是一只没有尾巴的丑猫啊，她能找得到一只喜欢她也愿意娶她为妻的雄猫吗？我用人类特有的自以为是，一次又一次地测度着动物世界的种种现象和规则，也一次又一次地不得而知。几个月之后，妞妞的秃尾巴就长成了一蓬粗壮的野草，给了我这个鼠目寸光的人一个巨大的惊喜——那也是后话。

妞妞很快就跳出了婴儿状态，长成一只能正常饮食睡眠且叫声洪亮的健康小猫，而她的淘气也就此全面铺展开来。

妞妞小时候最喜欢做的一件事，就是和我们捉迷藏。每当听见我们下班回家车库门开启的声音后，她就飞快地躲藏起来。一座五层复式的小楼有无数形迹可疑的小角落，在这样的角落里寻找一只刻意不想被找见的小猫，真让我回想起20世纪70年代样板戏《红灯记》里鸠山关于密电码的一句经典台词："一个共产党员藏起来的东西，是一万个人也找不到的。"

最极端的一次，我们找了她整整一个晚上。最后终于发现，她其实一直就在我们的眼皮底下：她钻进了我先生的一只大鞋子，身子朝里，脸朝外，粉红色的小头舒适地搁在鞋后帮上，露出一脸荟淘的坏笑——如果猫也有笑容的话，任凭她的两个主人像得了失心疯似的满屋乱窜。

我和先生尝试了无数种呼唤妞妞出来的方法，终于有一天为一次艰难的成功而几近失控地欢呼雀跃。先生发明了一种近似于警笛却又比警笛柔和一些的呼唤声，也许这种声音触动了妞妞听觉神经中的某一根纤维，她居然迈着淑女似的步子，娉娉婷婷地从某一个黑暗角落里朝我们走来。

这个方法屡试不爽，直到有一天，妞妞自己厌倦了捉迷藏——她终于长成了一只不屑于这种少儿游戏的大猫。

她又进入了一种新的游戏心境。

妞妞不愿见生人，家里一来客人她就躲避。我的朋友都知道：妞妞如果在谁的裤脚上磨蹭几下，那就是这只傲慢的猫肯给此人的莫大恩宠了。可是等她略长大些的时候，也许是情窦初开，她见了客人，尤其是男客，只要那人看她一眼，呼她一声，她就开始欢快地满地翻滚，不知羞耻地露出一片粉红色的肚皮，在地板或地毯上留下一团一团雪白的毛。

猫毛就成了我们的注册商标。我们的每一件衣服每一样家具甚至我们的头上身上，到处都是丝丝缕缕的白毛。我们终于与深色的服饰道别。来我们家小坐的朋友们，身上也开始携带妞妞的印记。我们的朋友很快分成了两拨：爱猫的和不爱猫的。爱猫的那一族，进门的时候往往先直接找妞妞而完全忽略主人的存在；不爱猫的，进门僵直地站立着，生怕把身子铺得太开而招来任何一个可能沾惹猫毛的机会。

妞妞始终是一只淘气但却胆小的猫，她像孙猴子一样在唐僧画定的那个圈子里无法无天，却不敢越雷池一步。她怕雷电，怕声响，怕窗外爬过的任何一只野猫野狗，怕秋叶落在玻璃屋顶上的怪异形状。有一回，我们在设置家庭影院的时候不小心犯了一个错误，音响被调到了极限，发出了一声炮弹似的巨响。过了一会儿，我们才发现妞妞站在楼梯口，一动不动，浑身的毛炸成了一朵蒲公英。那天我们抱着她心疼了很久。

妞妞不总是那样没心没肺的，有时也有心眼。有一回我和先生在家里为一件如今都记不得缘由的琐事发生了激烈的争执。妞妞在越来越大的声响中走过来，怯生生地站在我们中间，随着我们的话语，一会儿看我，一会儿看他，细细的脖颈拧得像个电动娃娃。那双灰绿色的大眼睛里，充满了惊惶无措。如果猫也会流泪，我相信那天妞妞哭了，吓哭的。我终于被一只猫纯真无瑕的眼光看得羞愧起来，而退出了当时感觉像一场圣战一样的无谓争执。

妞妞也很固执，固执起来的时候她不再像猫，而像是一头扔了犁具站在田头坚决不肯前行的犟牛。比如在我们给她洗澡的时候。妞妞怕水，几乎跟怕死一样地怕。给妞妞洗澡，简直是一件砂纸磨心的难受经历，每次都需要有极其强大的心理准备。从把她放入温水的第一秒开始，她就开始声嘶力竭地喊叫，那些尖厉的声音几乎可以把浴室的天花板钻出无数个洞。在水里的妞妞简直是一只河东狮，牙齿和爪子随时能刺穿再厚实的塑胶手套。当我们用最快的速度心惊胆战地草草把她抱出浴缸的时候，她通常会在地毯或浴巾上屙上一泡稀黄的屎。看到她在令人冒汗的暖气里浑身湿透瑟瑟发抖的样子，我终于理解了她的害怕。后来我们不再强迫她洗澡，而是换了一种宠物店推荐的干洗方法。她依旧不情愿，却总算是勉强接受了。

妞妞渐渐长成一只成年猫，她的个性也变得渐渐温顺慵懒起来。我们下班回家，她不再热衷于捉迷藏。遥遥地听见响动，她会悠悠地从温热的猫窝里走出来，迎到门口，叼着我们的裤脚，发出半是抱怨半是满足的喵呜声。我们在家的时候，她极少紧紧地跟随我们，而是远远地躺在我们视线可及的角落里，满足地看着我们择菜做饭洗碗看电视。她一天里最开心的时刻，莫过于看见我躺在沙发上看电视。常常还没容我把靠垫整理好，她就已经"噌"的一声跳上来，卧到了我身上。她躺在我身上的时候，会把四肢拉扯得极长，额头直直地顶着我的下颌，发出响亮的呼噜声，身子软得如同一条被撒了盐的大蚂蟥。我写作的时候，她会爬过来蹲在我的脚边，久久地仰脸看着我手中的电脑键盘发出窸窸窣窣的奇怪声响。有时候，她会表现得很不耐烦，伸出前爪不停地扒拉我的手，仿佛在哀求我："停一停，陪我玩一会儿吧，我都在家待了一天了。"于是，不忍心的我只好把她抱起来，放在我的膝盖上。我的许多小说，都是在她身体的重压下，断断续续地写成的。

就在她七岁的那一年，她开始生病了，东一摊西一摊地撒尿。开始时我以为她患上了糊涂症，曾经狠狠地打过她。那是平生我第一次对她动粗。她受了委屈，却没有控诉，只是一声不吭地看着我，眼中是隐忍和哀求的流光。至今想起她那天的目光，我心里依旧伤痛。后来我才发觉，她的尿里有着深深浅浅的血色。我们终于决定带她去看兽医。在被灯光照耀得十分明亮的病床上，可怜的妞妞看上去像遭了定身法，眼目无光，呆板得如同钉在墙上的动物标本。

"膀胱结石，是猫食里含了过多的灰石粉引起的。"兽医说。

我一下子明白了，这是动物世界里的假奶粉事件。

"几乎没有完全治愈的可能性，会时好时坏。手术切除当然是可以的，但几乎可以肯定，这块石头刚刚去除，另一块石头马上会代替这一块出现在她的膀胱里。"

那天兽医递过来的账单是一个我绝对不舍得花在自己身上的数目。走出兽医诊所，心情很沉重。妞妞在笼里一声不吭。

妞妞真能忍啊。一泡又一泡的血尿，她小小的身体里到底还留下多少血液呢？还有疼痛。那是一种据说比生产还要煎熬的疼痛。她却一直保持着高贵的隐忍。她一天到晚躺在自己的窝里，不动，不吃，也不发出声音——无论是快乐的还是痛苦的。我们把消炎药碾碎了放在湿食里喂她，她有气无力地抬起眼睛看着我们，似乎在说："好吧，为了你们，我就吃一口吧。"药味是古怪的，她咽下了那份古怪，因为她长大了，她读懂了主人眼光里的哀求。

正如兽医所言，妞妞时好时坏。我们再也不能放任她在楼里自由出行。她只能一天到晚待在暗无天日的地下室。在宽敞的天地里行走惯了的她，如今圈囿在狭小黑暗的空间里，不时发出声声哀叫，并用前爪抓打着门——她不过是想要她一直就享有的那一份自由啊。假如那时我知道我和她相处的日子是这样有限了，我一定不在乎她在楼上每一块地毯上屙满带血的尿，只要她能享受她在家里的最后自由。

妞妞的病持续了半年多，每天早上起床时，打开通往地下室的门，心都揪到了喉咙口。如果看到地板上没有血尿迹，就如同上帝用一根手指挑起了压在头顶的阴云，连来家里探亲的老婆母，都有了艳阳天般的快乐。可是这样的日子越来越少，妞妞的状况越来越差。到最后，早晨开门的那一刻就成了压在神经上的一块大磨盘：地板上的红色尿迹从小小的一块渐渐拓展到三团五团。

我们面临了一个极其艰难的抉择：是与妞妞如此无奈而痛苦地相守，还是把她交给动物收养所，让他们的兽医控制妞妞的病情，最终给她找一户好人家抚养？

经过了几个星期的反复商议，我们终于决定和妞妞分别。

临别的前一天，我们把妞妞放到了楼上，任由她到任何她喜欢去的地方走动。可是她却不想走了。似乎她已经预见到了，这将是她在我们家里的最后一天。一整天她只是柔若无骨地躺在我的怀抱里，用她粉红色的舌头，一次又一次地舔着我的脸颊。我拿了一把梳子，给她梳毛。皮毛是动物健康状况的写照，我的妞妞瘦了许多，压在我身上，不再沉重，身上的毛，也掉得斑斑点点，梳子很容易就走通了。我给她梳了几遍毛，还给她细瘦的脖子上拴了一根红色的领圈，她看上去少了几分病态，多了几分隐隐的精神气。记得几年前，我写过一篇名为"弃猫阿惶"的短篇小说，故事里的主人公和她心爱的猫最后分手的时刻，似乎就是我和妞妞永别的预告。潜意识里，我一定早就知道了，妞妞和我中间，也会有这样一天的。如果一个人一生中必定要被各种各样的境遇镌刻下无数道伤痕的话，那天妞妞留给我的，是一条绝对不可能埋没在别的伤痕里的深痕。

送妞妞走，是在一个有了寒意的秋晨。日头是无色无光的，风很大，满街都是蜷成了团的落叶，脚踩上去是一片肃杀的窸窒。收容所后边是条大铁路，火车轰隆隆地开过，笼子里的妞妞一动不动。平日屋里任何细微的响声都要吓得她一惊一乍，而那天她对街面上巨大的嘈杂却无动于衷。冰雪聪明的她，已经明白了和她生活中将要发生的事相比，噪声实在是无关紧要的一桩小事。

我一遍又一遍地对自己说，不要哭啊，不要哭。填表的时候，有一个问题是："你的宠物有什么习惯？"我刚写了半句"她喜欢打滚……"眼泪就汹涌地流了下来。最终我无法再写下去，是我先生把那张简单的表格填完的。

"请你，务必，给她找一个，好人家。"我泣不成声。

我们从此再也不用操心一日三餐干湿食物的搭配，再也不用想方设法把难吃的药物混在好吃的湿肉里喂食，再也不用为深嵌在每一件衣服上的猫毛烦恼了，再也不需要每天早晨在上班之前疯狂地赶着时间清理地下室地板上的血尿。可是，屋子是那样的空，那样的冷。你从来不会想到，一只猫会带给一户人家这样多的体积和温热啊。

我几乎天天给动物收容所打电话，探听妞妞的下落，回音总是一句冰冷的"对不起，出于保护隐私的原因，我们不能告诉你任何信息"。我不肯接受动物也有隐私的说法，每一次，我都希望遇上一个心里长着一丝同情的缝隙的接线员，可是我一个也没遇上。

两周以后的某一天，我在动物收容所的网站上，看到了妞妞的照片。那里有几百只猫的照片，可是我只需要看一眼，就能从几百只猫中间，一下子找到我的妞妞，就像一个母亲，能从千百种婴儿的哭声中，准确无误地听出她自己孩子的声音一样。当然，我的妞妞已经不叫妞妞，她被改名为Tracie（特雷西），站立在一群待领的猫中，依旧美丽出众。我伏在电脑前，忍不住号啕大哭。

再过了一周，妞妞的照片从网上撤了下来——大约是有了领养她的人。据收容所的人说，他们一年里很难收到纯白色的猫，白猫被人挑走的概率较大。

在那以后很长的时间里，我们下班回家，总还要习惯性地呼唤妞妞，感觉她还会从某一个角落里钻出来，用她的脖颈磨蹭我们的裤腿，在我们的衣服上留下一团一团蒲公英似的白绒毛。

妞妞在我们家里生活了七年，跟随我们搬过三次家。七年在一只猫的生命中，大约占了一半。而七年在一个人的生命中，大约占了十二分之一。妞妞的二分之一和我们的十二分之一产生了一次碰撞和交会，留下了永难忘怀的同行痕迹。一只猫带给人的记忆，有时是可以和一个时代相比拟的。

妞妞走后，我一直有一个心愿，想用我不擅长写散文的笔，来写一篇关于妞妞的文字。可是我一直拖延到了两年之后的今天，那是因为直到今天，我的伤痛才慢慢愈合，我才可以，连贯性地回忆关于妞妞的点滴，而不至于被眼泪打断。

但是我错了。在写这篇小文的时候，我依旧，哭了。

妞妞，哦，妞妞，也许，我们还能相见，在将来，在一个没有眼泪和悲伤，四季常青的地方。上帝创造的乐园里，一定有一个角落，是专门留给猫的。

我的非纯种的、洁白的妞妞。

他人的历史，我的窥视

——我与古董市场的奇缘

　　几年前，住在法国的表妹邀请我去巴黎小住。表妹刚置了一处新居，我很幸运地成了第一个暖居的客人。尽管新居刚刚装修过，有一套现代化的厨卫设施，表妹却沿用了前主人留下的全套旧家具。听表妹说，这处房产的前主人是一对九十多岁的法国夫妻，他们去世后，为了便于平分遗产，三个儿子决定出售父母的公寓。与北美的高效率行事方式很不相同，法国的房地产交易过程复杂冗长。在此期间，表妹曾多次联系那家的儿子们，请他们尽快清空房子，却迟迟得不到回复。直到最后他们也没有露面，只是打来电话告知：他们已联系了搬运公司，要把全套家具送到专门的旧货处理公司去。表妹闻此，就提出全数收留，于是两下皆大欢喜。我这才有缘得见那些古旧的梳妆台、衣橱、餐桌和床头柜。这套家具全是圆角凸边的，门上雕着精致的花卉，只是油漆已被时光冲洗得失去了光泽，多处裸露着凹凸的木纹。橱门和抽屉开起来很是吃力，发出声声暧昧的呻吟，甚至会任性地搁浅在半途。我站在四壁都刷了新漆的屋子中间，看着天花板上那盏已经老态龙钟的枝形吊灯，突然有了些不知身在何时何处的惶然。久居巴黎的表妹，在这些年里已经不知不觉地沾染上了大多数法国人身上的通病（旧房主的三个儿子是个例外）——酷爱旧物，喜欢用旧物保存历史，对抗着时光终究不可逆转的流逝。

那晚，在旅途中丢失了一夜睡眠的我却毫无倦意。在床上吱吱呀呀地翻滚了半晌之后，终于熬不下去了，就点灯起来，打开床头柜的抽屉，想找一本闲书消磨时光。抽屉很沉，不全是因为木头老了，还因为里边塞满了物什。我没有找到书，却发现了一张黑白照片。照片是印在一张很厚的老式照相纸上的，颜色已经泛黄，边角卷翘。照片上有五个人：一对说不出年纪的法国夫妻，带着三个岁数相隔很近的男孩。女人穿着一件腰身箍得很细的曳地长裙，肩上搭着一条厚披风。男人穿着三件套的西服，裤子绷得很紧。三个男孩都是西服革履，偏分的头发齐顺地朝向脑后梳去，露出丝丝缕缕的梳齿痕迹。大人小孩脸上的表情都很拘谨，嘴在笑，眼睛却没有，那笑容仿佛是一块紧绷的布上剪开来的一条硬缝。

我怔了一怔，突然明白过来，这是房子前主人的全家福照片。我顺着照片翻下去，发现了三个本子，纸张的颜色已经从白色演变成了浅棕色，有的页面已经缺损，蘸水笔留下的字迹开始有些模糊不清。我的法语程度有限，看不懂全部内容，但凭着记忆里残存的语法规则，还有法语里和英文相近的那些单词，非常吃力地猜出了三个本子的内容：户籍登记册、征兵手册、结婚证书。

我觉得背上有些重量，仿佛身后有一双眼睛，正略带愠怒地注视着我的一举一动。我在最不经意的时刻，闯进了一个完全陌生的家庭，偷窥到了他们并无意展现给我的隐秘。一股凉意从脊背蹿上来，细蛇一样地蜿蜒盘旋至后脑勺，我不禁打了一个寒噤。我想到了那三个西服革履、头发梳得整整齐齐的男孩。当然，他们现在早已不是男孩，他们现在兴许已经拥有了像这三个男孩一般年纪的孙儿。他们抽走了父母遗物中可以用金钱计量的部分，却丢下了无法量化的那些内容。那些内容也有名字，叫记忆，也叫传统。那三个儿子就像传说中那个买椟还珠的楚人，拿走了皮毛，却扔下了最值得存留的东西，任凭一个素昧平生的外国人，在某个失眠的暗夜里，信步踩入本该有城堡守护的私密家族领地。

现在回想起来，我身上那种从窥探中得到的惊悚和满足感，几乎是与生俱来的。早在孩提时代，每当我行走在温州的乱街窄巷里，我总会注意到同龄的孩子常常会忽略的细节：我会仰着头留意一根从扎满了玻璃碴的墙上探出脸来的树枝；我会趴在门缝上长久偷看院子里一个女人把腿压在井沿上练功的背影；我的耳朵会如风中野兔般地竖起，搜寻着没有关严的窗户里漏出来的一线歌声。在我稍大一些，跟随伙伴外出郊游路过寺庙的时候，当我的同伴们早已走远时，我仍会站在一块石头上，悄悄地观看小沙弥在半掩的竹帘之后揩拭身体。后来我长大成人，在外边的世界生活多年，明白了窥探是一件不怎么能拿到台面上的事。在这里我说的"明白"二字，其实只适用于脑子。可是我的脑子并不总能管得了我的眼睛，我的眼睛从根底来说是个固执的无政府主义者，它有它自己的一套行为准则。我的眼睛走到哪里，都会毫无教养地伸出一万只触角，刺探任何可能泄露生活隐秘的蛛丝马迹。我为这个陋习扯起一块冠冕堂皇的遮羞布，我把它叫作"一个作家的好奇心"。再后来，随着年岁渐长，野性渐失，脑子在和眼睛的角斗中开始占了上风，眼睛只好做出了无奈的妥协，同意将触角限制在古事古物里——那是一个相对安全的区域，被人现场捕获的可能性几乎为零。脑子作为回报，同意眼睛保留部分自主权。于是我的眼睛就在脑子用金箍棒画出的圆圈内，继续在窥探中获取秘不可宣的快活。

我对古董市场的兴趣，就是从那次巴黎之旅开始的，而在背后驱动着的那股力量，就是来自那双不安分的眼睛。在巴黎小住的日子里，以及后来对巴黎的多次造访中，我都会跟在我表妹的身后，一次又一次地跨进古董市场的门。我把这个爱好带回了我的长居地多伦多，后来这个爱好又随着我旅行的脚踪进入了我所经过的许多地方：蒙特利尔、渥太华、华盛顿特区、奥兰多、天柏、哈瓦那、诺曼底、尼斯、布达佩斯……

刚走入古董市场时，我感觉像是钻入了一个万花筒，向来精敏的眼睛突然迷了路，不知道哪条岔道可以引导我走出迷宫。虽然我所偏爱的物件还需要一段时间才会渐渐凸显，但我不感兴趣的东西，却几乎是在第一时间就确定了的——我很少在玉石首饰、东方古瓷古玩跟前驻留。我对这些物件缺乏兴趣的首要原因，是磁场的缺失。正像人和人之间的交往常常依赖于不可言说的直觉，物和人之间也存在是否相契的磁场。我的眼睛在这些物件面前突然失去了灵气和悟性，我成了一个毫无判别能力的愚钝之人。我看不出珊瑚翡翠玛瑙琥珀和一块颜色相近的石头之间的区别，而我对东方瓷器的鉴别能力，仅限于色泽是否亮丽，人物山水花卉是否画工精细——那还得仰仗我小时候学过的国画基础。我对玉石古玩的兴趣匮乏，还有另一个原因：在它们面前，我缺乏自信。它们吸引了太多的注意力，在它们周围，总是会集了密集的人群，大多是东方面孔的游客——那是国内汹涌的古董热潮在海外的漫溢。我感觉这些物件像一个个长得太好太招人喜欢的女人（或者男人），我没有勇气将自己卷入一场近乎厮杀的竞争。我向来喜欢待在充溢着安全感的人际关系中，这个偏好也同样适用于我和物件之间的关系，安全感的严重缺失使得我只能选择回避和退缩。

不知从何时起，我的目光适应了万花筒似的环境，貌似纷乱无序的物件逐渐显示出它们各自的边界，而不再是彼此的投射物或者复制品。我注意到有些物件在拥挤的背景中探出脸来，对我抛来暗含秋波的眼神，我的脚步开始在一些暗藏着玄妙人生故事的东西前驻留。

比方说有一次，在一个距巴黎两小时车程的乡村古董集市里，我发现了一张放置在一个鞋盒里的旧明信片。在法国，这样的明信片数不胜数，随便哪个集市上都可以轻而易举地收集到一摞。这张明信片之所以会从它众多的同伴中脱颖而出，是因为那上面有一枚保留得极为完整清晰的邮戳。邮戳上的日期是1908年8月23日，从里昂到巴黎。写信的是一个叫索朗日的女子，收信人是她的姑妈。在这封信里，索朗日告诉姑妈她将在两个星期之后的周三抵达巴黎，请姑妈帮她找一个干净便宜的单身房间。在附注里，她叮嘱姑妈千万不可将此事告诉父亲，因为父亲绝对不会允许她离家。寄信人应该是个年轻的未婚女子，因为她还住在父母家里。邮戳上的那个日期，离第一次世界大战爆发还有六年，欧洲虽有小骚乱，局势大致稳定。在那个年代，年轻女子极少离开父母或其他男性的庇护独自到外边居住，尤其是在灯红酒绿的巴黎。当然，这个规矩也不是没有被人打破过——远在离索朗日寄出这张明信片的七十多年前，就有过一个叫乔治·桑的女子，执意离开了自己的丈夫，领着一个也叫索朗日的女儿，来到巴黎谋生。可是，世上只有一个乔治·桑，所以乔治·桑的名字，才会在一个多世纪之后，依旧被人频繁地提起，作为一切惊世骇俗之举的代名词。而在1908年的夏天，那个既不是之前的乔治·桑也不是之后的波伏娃的女子，为什么要执意离家出走？是因为一桩摆脱不了的婚约，还是一个不能公开婚嫁的男子？她到了巴黎将以何为生？去富人家里当洗衣工绣花女，还是去某一家云集了落魄艺术家的画室做女模特？这个如今早已灰飞烟灭的女子，在生前可曾想到过：她当时写下的一张明信片，会在一个多世纪之后流落到一个乡村古董市场？她生前守护得很紧的秘密，竟然会在她的身后走失，落入一个碰巧是作家的中国女人之手，成为一篇文章里的一个段落？于是我的心中充满了感喟。

再比如有一次，我在哈瓦那的古董市场看见了一幅旧招贴画。在古巴其实没有古董，至少在市面上没有，因为所有革命之前的旧物，都已经被革命的飓风刮到某些不为人知的僻静角落。当然，随着古巴和美国重修旧好，这些古物在将来的某个时候会渐渐重新露面。而在我逛市场的那个时段，充斥哈瓦那摊位的，都是些革命胜利初期的纪念物——那也是半个多世纪前的东西了。我所说的那张招贴画，就是诸多的革命宣传品中的一件。古巴的宣传画绝大多数仅仅使用西班牙语——这是民族骄傲的一种夸张姿势。而这张宣传画却极为罕见地在西班牙语之下出现了一行字体较小的英语。我之所以使用了"罕见"二字，是因为英语在古巴是和美帝国主义产生最直接联想的文字。英文的原文是"We bring our women to classroom"。翻成中文，就是："我们把妇女带进课堂。"——应该是全民扫盲的宣传语。在中国，类似的口号曾经也很流行，所以我备感亲切，忍不住多看了几眼。那张招贴画的背景是一面古巴国旗，国旗左角有一幅醒目的女人肖像。女人二三十岁的样子，没有名字，脸上的皮肤紧致闪亮如黑珍珠，每一个毛孔都龇龇地冒着阳光，富有明显加勒比特色的嘴唇饱满欲裂，嘴角上扬，笑容里带着一丝惊讶和茫然，仿佛被突兀的闪光灯吓了一跳。很奇怪，女人的肖像并没有让我对她的过去产生过多的联想。我想到的，是她的后来。她果真进了课堂吗？她在课堂里，接受的是什么样的教育？走出课堂之后，她过的是什么样的日子？其实我知道，她的"后来"大致只有两种可能：一种是在某个月黑风高的夜晚，她跟随某个大胆鲁莽的男人，驾着一艘渔船穿越一百五十公里的水域，抵达了基韦斯特（Key West），成为美国佛罗里达州众多的古巴难民中的一员。第二种可能是：她哪儿也没去，留在了古巴，过着一个普通家庭主妇的生活，每天节省地使用着凭票供应的牙膏和肥皂，在早上领着一群儿女去免费的公家学校上学，途中看见从身边走过的外国游客时，忍不住用羡慕的眼光注视着他们身上光怪陆离的 T 恤衫。到傍晚时分，她会端着一杯朗姆酒，随着丈夫的吉他声，在门前的空地上扭动着身子，唱上一曲《关塔纳梅拉》（古巴最著名的民歌）。和里昂那位给姑妈写明信片的索朗日不同，这位匿名的古巴女子兴许如今还活在世上。想到她在某一天里拄着拐杖出门散步，颤颤巍巍地拐入街角的某个旧货集市，以其耄耋之目，猝不及防地撞见了六十年前花样年华的自身，那一刻，她该发出什么样的感叹？

还有一次，我在离多伦多一百公里左右的贵湖（Guelph）镇的古董集市里，看见了一台钉着"维克多留声机公司"（Victrola Talking Machine Company）商标的老留声机。这家公司的留声机，在 20 世纪初曾经是风靡全球的时髦货，由于它的商标上有一只蹲在地上听喇叭的猎狐犬，当年的华侨管这个时髦玩意儿叫"狗听牌留声机"。出洋讨生活的金山客回乡探亲时，若能带回一台"狗听机"，在邻里乡间是一件超级拉风的事。想象一下那些在碉楼里日日引颈期盼夫君归家的女人，乍一听到从那个敞口的铁圆筒里传出来的人声，该是怎样的一种惊骇和欣喜？这种留声机以及它的独特商标，对我来说并不新奇，因为在十数年前我为《金山》做案头调研的时候，我就已经对它有所了解了。《金山》里的主人公阿法，就曾用这样时髦货，给他的妻子六指和儿女们的脸上，增添过很多光彩。可是那天在贵湖市场上见到的那台留声机，却和我从前见到的有所不同。那个不同虽不瞩目，却意义非凡。在仔细打量商标的时候，我惊讶地发现了四个凿印在那块金属铭牌上的繁体汉字："登錄商標"。这几个中文字让我产生了许多联想：一个世纪前，回乡省亲的金山客，应该是维克多留声机公司最为重要的客户群体。正如一个世纪后的今天，回国探亲的华侨和旅游归来的中国游客，是欧美各家奢侈品公司的最大客户群。所以如今每样奢侈品的说明书上，都印有醒目的中文字，而每家奢侈品的门店里，都站着一名会说流利中文的导购小姐。历史真是个痼疾不改的糟老头啊，每隔一小阵子就会发一场同样的疯癫。只不过在历史的辞典里，"一小阵子"可能就是一个百年。

　　古董市场里勾起我窥探欲望的东西远不止上面那几样。有一天我撞到了一本旧诗集，里边收集的是几位英国湖畔诗人的诗。远在我还是复旦大学外文系的学生时，我就已经熟知他们的名字了，我至今还能背得出他们的几句诗。粘住我脚步的不是这些诗人，也不是这些诗句，甚至不是那个已经破损挂丝、看上去很有几分古韵的布封皮，而是书页的空白处写下的密密麻麻的笔记。我也有同样的习惯，会在我看过的每一本书上，随意写下当时的感触和心境——那是一些如内衣般私密的思绪。我无法想象有一天这些沾着我思绪体液的内衣会流落到街市上，成为在大众手中传来传去的展物。不知为何，那天我断定写得这样一手优雅精致的花体字的书主人，一定是一位受过良好淑女式教育、不爱出门，一与陌生男士说话便会脸红的年轻英伦女子。我几乎不忍细看那些笔记，因为我已经对那个想象中的女子产生了无由的怜惜之情。

　　还有一次我在古董市场偶遇一根满身锈迹的铁轨道钉，据摊主说那是修筑太平洋铁路时期留存下来的旧物。当时我突发奇想，渴望手头能有一台高倍显微镜。后世在那枚道钉上留下的层层掩饰，会被精密科学无情地撕扯干净。那显微镜底下，会不会显露出当年摸过这枚道钉的人所留下的指纹、汗水，或者其他DNA印记？

还有一次我看见了一把从印第安部落收集来的老式猎枪，它应该是早期白人殖民者从欧洲带过来的旧物，扳机上拴的那个价码条上写的是2700加元——应该是那天集市上较高的标价了。当初印第安人是用什么东西，从白人手里换来了这把猎兽和护身的武器的？是几张上好的海豹皮，还是一筐前一年留下的玉米种子？或许，是送给白人做"帮手"的某一个部落头领的女人？

还有一次，我见到了一张银版照相时代留下的旧照片，画面已经受损，但依旧可以看出是一个极为年轻英俊的小伙子。他端坐在壁炉架前，坐姿和表情都极为正式，高高的衣领刀似的割着他的脖颈。照片背面印着照相馆的地址和摄影家的名字。那个地址如今在哪里？那座建筑物假如还在，它的墙上应该钉着一块"历史遗产楼"（Heritage building）的牌子。在加拿大，超过七十五年楼龄的建筑物，墙面上大多会钉着这样一个醒目的标志——那是禁拆令。在那个年代，到影楼照一张肖像是一件难得的事，多半是为了一个隆重的日子，比如婚礼、寿辰，或者家庭团聚。而这个英俊的小伙子，却为何会留下这样一张独影？是毕业照、相亲照，还是出门远行之前的念心儿？我的心里涌上了一波又一波的好奇。

我走过这些物件，大多数时候仅仅是饱一下眼福而已。世界上钩眼的东西太多，眼睛不够使，房子不够大，皮包也不够深，我不可能将它们一一占为己有。其实，就在我把它们小心翼翼地捧在手心，借着不同的光线和角度细细观赏它们的时候，它们已经影响了我，我也已经影响了它们，我们都已经不再是相遇之前的自身了。它们取走了一小片的我，我也取走了一小片的它们，分手时我们都缺了一块，但这样的缺失却使我们变得更加完整，更加丰盛。

随着我逛集市次数的增多，我渐渐摸清了古董市场上的某些路数，不再为相似物件之间的价格差异一惊一乍，也不再被某个摊主充满激情的解说词所轻易蛊惑。我开始信任自己的审美判断，沉着冷静地依赖自己的喜好程度来决定是否购买，怎么出一个让我舒适又不令摊主难堪的价格。我发觉我的爱好不再如飞尘在空中乱舞，而是渐渐落到了一两个相对狭窄的区域。任何时候我都不会随便放过的一样东西是瓷器。我指的不是那些分类极细、价格昂贵、真假难辨的中国古瓷，而是作为装饰用的西洋挂盘——那些挂盘的价格还远远未到值得造假的地步。

最初我只要看见品相好、设计漂亮的挂盘就会毫不犹豫地买下，很快，家里的储藏室里就堆满了五花八门的瓷盘，有描金花鸟、手绘动物、乡村别墅、冬日雪景、人物肖像，诸如此类，不可尽数。后来在跟一位巴黎画家朋友聊天时，他告诉我不成系列的挂盘不值得保留——那是醍醐灌顶的一句提醒。从那时开始，我就对有人物故事的系列挂盘产生了经久不衰的兴致。只是可惜，在茫茫大海般的古董世界里收集到成套的挂盘是一件艰难的事，所以在这几年的淘宝经历中，幸运之神只光临过一两次。

我最得意的收藏品是一套六件限量版的法国皇家风格挂盘——

那是一次千寻万觅皆不成，得来全不费功夫的经历。我最初是在多伦多郊外的一个古董市场的某个僻静角落里看到了其中的一只挂盘的。那只瓷盘大概已经闲置了很久，上面盖着厚厚一层灰土。灰土使画面上的一男一女和背景色调都变得黯淡晦涩，可是我还是能够分辨出那是一幅法国宫廷图。我把那个盘子翻过来，吃力地辨认着背面的法语说明，最后终于明白画上的人物是拿破仑皇帝和他的妻子约瑟芬皇后。拿破仑坐在一张富丽堂皇的单人高背椅子上，双眉紧蹙；约瑟芬站在他身边，手里捏着一张纸，神情哀伤。这只盘子的标题是："离婚"。我站在那只盘子面前犹豫了很久，皮包开了又合，合了又开，最终还是转身离去。价格只是一个原因，但不是全部。真正让我犹豫的，是我没有信心能把它失散的家族成员一一找全。

那天我还没回到家就已经开始后悔。千里之行总是需要有第一步的，而那只名为"离婚"的瓷盘，就是那至关紧要的第一步。我总是可以从那一步开始，正着走，或者退着走，一程一程地找寻丢失在旅途中的拿破仑和约瑟芬的。然而，我却放弃了那无比金贵的第一步。那天我懊丧至极。

从那以后，每一次我经过一个古董市场，我都会刻意寻找拿破仑和约瑟芬的踪迹。一次又一次的期待，一次又一次的失望，两三年过去了，它们似乎离我越来越遥远，我甚至怀疑，它们已经永远离我而去，成为另一户人家另一双眼睛窥探历史的那个缺口。就在我几乎放弃寻找的时候，突然有一天，在一个风马牛不相及的集市里，"离婚"携带着它的全部家庭成员一个不少地列队登场，猝不及防地闯入我眼中。它们一定在冥冥之中听见了我的叨絮我的牵挂，它们在茫茫人海里找到了我。

　　我欣喜若狂地把它们抱回家来。在那之后的日子里，我会时不时地把它们从纸箱子掏出来，打开层层叠叠的包装纸，将它们一个一个地按照顺序陈列在地毯、桌子或者床上，在不同的光线环境里观赏着颜色的变幻，用放大镜仔细阅读查证着背面的每一个法语单词。这套挂盘的瓷是皇家风格的细瓷，绿色的宽边上描着精致的金花，中央的画面描述了拿破仑和那位在他一生中留下了最深刻印记的女人的情爱历程，从相识、分离、重聚，到求婚、加冕、离婚。在行家眼里，它们只是不到五十年的"新货"，与真正经历过几个世纪的古董在价值上相差十万八千里，而且人物塑造也略嫌平面刻板，可以预计在短期内它们的升值空间极其有限。可我喜欢它们，仅仅是因为它们以一种我没见识过的新奇形式，重塑了那个震撼整个欧洲乃至世界的悲欢离合的故事。那个故事留下的涟漪，在一个多世纪之后的今天，依旧没有完全平复。故事对我来说，便是它们的全部价值。只是可惜，当它们终于成为我的私人物品之后，我曾几次试图把它们挂到客厅的墙上，却发现没有一面墙，没有一种油漆颜色，能配得起它们身上那种厚实深沉的绿和黄。我突然醒悟过来，它们不属于被效率和节奏绑架了的北美洲，它们真正的归属地，只能是慵懒、闲散、精致的巴黎。那一次的收藏经历，让我不无痛苦地领悟了"文化土壤"一词的含义。

　　拿破仑、约瑟芬的阖家团圆仅仅是一个奇迹，我毕竟已经过了期待奇迹每天发生的年龄。我已经明白了每一个探险之旅都始于第一步的道理，不再心存侥幸。现在每当我发现一只"有故事"的瓷盘时，我不再顾忌它是不是庞大家族中的一个成员，我会毫不犹豫地将它买下，然后慢慢地调查它的家族历史，沿着那些线索开始寻找它流散在外的直系或者旁系亲属。"直系"是指同样款式同样画面的盘子，而"旁系"是指同样画面不同款式的盘子。我的窥探欲依旧强盛，我依旧想借着一个瓷盘掏出它背后的故事——画面上的故事、制作者的故事，还有曾经拥有过它的那些人家的故事……只是我已渐渐学会了耐心，学会了享受过程中的欢愉。当我开始品味过程的时候，我发觉结果已经不再那么让我焦虑和揪心了。

沿着这个路子，我收集到了三个狄更斯小说人物的挂盘。它们是直系亲属，故事都印制在相同款式的雕花镶金英国骨瓷上。其中的一个瓷盘讲述的是《匹克威克外传》里的场景。匹克威克先生的模样，竟跟我脑子里的那份想象有几分契合。我不禁想起有一年在古巴看到的一个堂吉诃德的木雕，那个手持长剑的形象和瓷盘上的匹克威克也有几分相像。不在装束，也不在外貌，而是他们神态里那份遮掩不住的天真。世上没有哪一个跟斗，能把他们摔打得圆滑世故起来，他们永远是不谙世事、穿着大人服饰的顽童。我不禁哑然失笑。我知道我会继续努力寻找狄更斯的其他孩子，但是纵然我永远也收不齐那一整套瓷盘，这三个就足够让我在无人处傻笑上半天了。

我的系列藏品渐渐丰富了起来，比如那套拉法耶特侯爵参加美国独立战争的纪念盘（法国那家人尽皆知的"老佛爷"百货公司，就是以这位爵爷命名的），还有那几个描述英国市民生活的"伦敦街声"骨瓷（Cries of London），还有那两个展示爱尔兰民族服装的白瓷……我喜欢和它们静静独处，也喜欢在和朋友聚会时，把它们搬到餐桌上秀一秀，三杯两盏淡酒之后，吹一吹关于它们的故事——画面里和画面外的故事，比方说瓷器公司的发展史、画师设计师的逸事，以及我如何在山海一样浩大的集市里和它们窄路相逢的经历。多数时候，我知道我是在"自嗨"，因为我发觉我的朋友们在悄悄地看表，或者用一个隐晦的手势婉转地捂住一个已经上了路的哈欠，可是我只是忍不住。当一个人爱上一个人或者一样东西的时候，大概都是这样一副贱样子。偶尔，我也会在听众中发现一双闪着亮光的眼睛。每逢遇到这样的眼睛，我就知道我，不，我是说，我的瓷盘，遇上了知音。我便会把瓷盘小心翼翼地用报纸裹起来，再在外边包上防震的尼龙纸，然后装进礼品袋里，送给那位知音。我虽有些舍不得，但我并不后悔，因为我知道它去了一个和我一样懂得它好处的人家。当一样美丽同时拥有了两份知音时，美丽便占据了双倍的空间。况且，我还有一个良好的习惯，每次收集到一个盘子，我都会将它仔细揩拭干净，然后留下几张清晰的照片——正面的和背面的。这样，假若有一天我和它挥手道别，我也已留下了它的倩影。我怀念它的时候，就翻一翻照片，照片会提醒我它在我生活中留下的温润印记。

这几年在逛古董市场的过程中，也碰到过几桩令人啼笑皆非的糗事。印象最深的，是在巴黎一家叫德鲁奥的拍卖行。那段日子我在表妹家中小住，闲了无事，就在拍卖行中进进出出。我进拍卖行，绝不是为了"捡漏"，事实上，我毫无购物的意愿，因为我深知自己的斤两。凭我兜里的那几个铜板，我大概都买不起那里展出的一块布片。我到那些地方闲逛，一是为了看热闹，二是为了练听力——不止一位法国朋友告诉我，拍卖行是练习听力，尤其是数字，最理想的场所。那天我去的那个展厅里，拍卖的是从一个贵族城堡里运过来的家居用品——估计主人家刚刚去世。最先出手的是一堆油画，后来是一批银餐具，再后来是主人穿过的旧衣物。工作人员从几个大箱子里抖搂出一堆杂乱衣物，包括几件丝绸内衣和一条爱马仕皮带。我身上倏地浮起了一片鸡皮疙瘩——那些衣物明显没有经过浆洗，我甚至产生了它们是直接从尸体上扒下来的龌龊联想。我的窥探欲在这里遭受了一次重创，我发觉我的眼睛也有它娇气的地方——它怕脏。最后拿出来的是家具。工作人员抬出一张拿破仑时期的高背扶手椅子，起价八千五百欧元，是屋里最贵的一样东西。那张椅子的缎面上磨出了一个大洞，布料原来的颜色早已无法分辨，只有那个木头框架，勉强还算完整。拍卖官刚喊出一个起价，就有人热烈回应，价格很快翻了上去，先按十，后按五十，再按一百，再按五百，再按一千，一层层往上递增。我实在想不通一堆烂木头能值这么多钱。当喊价抵达八万欧元的时候，出现了一个短暂的停顿，只见靠墙坐着的两排职业交易手两耳各戴一柄手机，正在低声却急切地和他们的越洋客户商讨着最后的出价。空气仿佛停滞了，凝固成一个大玻璃球。

正在这时，我的头皮突然奇痒了起来，仿佛头发里钻进了一条虫子。我忍了忍，没忍住，只好伸出手来，脱下绒线帽子，挠起头来。突然，我看见台上的拍卖官把手里的棒槌指向了我，我身上热辣辣地刺痛了起来——那是全场人扭头看我的目光。刹那间我醒悟过来：我已经闯下了大祸。我用我破布絮一样的法语，结结巴巴满头大汗地解释着："我不是，我没有，我抱歉……"只见拍卖官对我怒吼了一句什么话，我没听懂，我用不着听懂，我在一片嘘声中飞也似的逃离了那个房间。

那天我不知道是怎样走到地铁站的，在车厢里坐下来时心犹跳得万马奔腾。我觉得我的脸上贴了一层隔三千公里也看得清楚，用一万年的光阴也洗不干净的羞耻。我终于学会了一个惨痛教训：在拍卖行里，你可以有蠢蠢欲动的心、不老实的脚，或者不安分的钱包，你唯独不能带进去的，是一只轻举妄动的手。

等我渐渐安静下来时，我听见我的邻座，一对法国老夫妻，正在指着一张当天的报纸，低声讨论着什么事情。他们似乎在讨论二战期间戴高乐重返巴黎的日子。一个说是1944年8月，一个说是1944年10月。

我突然吃了一惊——我居然听懂了日期。

原来，德鲁奥拍卖行在粗糙地蹂躏我的自尊的同时，也顺便抛光了我的听力。在那些急如疾雨的报价声中，我对法语数字的敏感性有了质的提高。

"每一朵乌云都有银边。"我听见了自己在喃喃自语。

那些年，学习外语的那些事儿

　　这个世界上存在着一些我始终无法克服的恐惧，比如开车，比如爬高，比如在乌泱泱的人流中辨认一张脸，比如在饭局上遭遇一个脸色冷峻用锥子也扎不出一句话的近邻，再比如从天花板上悬挂下来的一只蜘蛛，尤其是鼓胀着绿色肚皮的那种……我的恐惧不可胜数。但我也总有一两样感觉无畏而坦然的事情，比如学习陌生的方言，甚至外语。我用这一两样东西抗衡着我对这个世界的整体恐惧，拿它们来维系赖以生存的平衡。

　　我的家乡以奇异的方言闻名全国，至今我仍旧能在世界任何一个角落里，依据口音顷刻间辨认出我的乡亲。在我的童年甚至少年时代，普通话尚未普及，我们把街巷里走过的少数几个操普通话的人称作"外路人"——称呼里带着明显的不屑，用今天的话来表述，就是歧视。我上的小学是一所干部子弟学校，班级里有几个南下干部的孩子，他们不会说温州话，在我们井蛙似的耳目中，他们嘴里吐出来的是"大舌头"的普通话。没多久，我就像感染流感那样地感染上了他们的"大舌头"，被老师选上作为一些应节应景的诗歌朗诵节目的表演者。当然，那时的我还不知道，从执拗的乡音中挣脱，不太费力地进入另一种语音环境，也是一种本事。这种本事的基本配方是：大量的无畏甚至厚颜，加上同等数量的喜好，再加上少量的天分。

十六岁那年我辍了学，到一所郊区小学任代课老师。半年之后，我进入一家工厂，成为一名车床操作工。生活枯燥无味，我无所事事，开始把大量的空闲时间用来学习国画。我拜在一位师专美术教师门下，从他那里，我知道了谁是任伯年，什么是兼工带写，南派山水和北派山水的区别在哪里，等等。那时学画的动机简单而实际，就是想换一份轻松干净些的工作，可以坐在温暖明亮的光线里，用狼毫描绘出口工艺彩蛋。但是我很快就发现，青春的身体所积蓄的能量，是七个任伯年和四十九个彩蛋也不能完全消耗的。有一天，突如其来地，我想到了学习英文。还要在很多年后，我才会意识到，这个"突如其来"其实并不突然，那是我身体里一条强壮的神经在经历了持久的压抑之后，发出的第一声呐喊。这个突发的奇想与学习国画的冲动有着本质的不同，因为其中完全没有功利目的，我并未想通过它来改善我的生活境遇——上大学、出国留学还是很后来才冒出来的新鲜词。那时我想学一门外语，仅仅是因为喜欢探索乡音之外的那个奇异声音世界，尽管几年之后我的生活轨迹竟然因此而改道——那其实归功于世道的突变，与我最初的动机全然无关。

我已经想不起来，我究竟是如何在那个信息极为闭塞的年代里，弄到一本美国出品香港印制的《英语九百句》的。但我至今清晰地记得那本书的样子：厚厚的一本，纸张薄如蝉翼，封面已经被无数双手磨得起了毛边，许多页上都留有折痕。每天夜里我都会躲在被窝里，用被子蒙着头，把收音机调到最小的音量，悄悄地收听"美国之音"，跟随一个叫何丽达的女人，一课又一课地学习《英语九百句》。用今天的标准来审视，那个女人的嗓音具有几分林志玲的韵味。我从未听过任何一种语言被这样的声音诠释过。那个声音带着一丝无法言说的蛊惑，让我既激动又恐惧。激动是因为前所未有，恐惧是因为怕惹祸上身——在那个年代收听敌台的后果众所周知。

每一次听完何丽达，我都会小心翼翼地把收音机调回到大家都在收听的新闻台。有一天我实在太困了，竟然忘了此事。第二天一个邻居过来串门，随意打开我放在桌子上的收音机。还没听完第一个句子，他已面色骤变。我和他同时去抢夺那个旋钮，他比我快了一秒钟。啪嗒一声，世界陷入沉寂，我们几乎可以听得见彼此脑子中急遽地行走着的思绪。后来他什么也没说，毫无表情地起身离去。在那以后的几个月里，任何一声寻常的叩门都可以让我从凳子或床上惊跳起来。最终什么也没有发生，只是我们在院子里相遇时，再也无法坦然直视彼此的眼睛——我们都做过了贼。

在我的好奇心绽开的第一条裂缝里，何丽达第一个钻了进来。在她之后，缝就大了，紧接着钻进来各式各样的人。之后的两三年之中，我像一只无头苍蝇，满城嗡嗡乱飞，嗅闻找寻着任何一个可以面对面教授我英文的师长。我惊诧地发现，在这个与世隔绝的小城里，竟然聚集着如此一群奇人，有曾在教会学校任教的教书先生，有前联合国的退休职员，有因荒诞被发配到小城的学究，有闲散于正式职业之外的私人授课老师……我拜在他们的门下，贪婪地如饥似渴地淘取着点点滴滴的英文知识。我很快发现了他们之间的共性：他们的英文长着一颗硕大的逻辑脑瓜子，可以无比清晰地解析一个句子的成分，挑出主语谓语直接宾语间接宾语状语定语；或从一长段文字中准确无误地演绎出有关动词变位从句复句种类等等的句法语法结论。他们的英文不仅长着一颗逻辑脑袋，也长着一双明慧的眼睛，可以一目十行地行走在书页之中。可是他们的英文没长耳朵和嘴巴，患了某种程度的聋哑症。

我跟在他们身边，学到了全套后来大派用场的语法知识。当我在聋哑的英文巷道里磕磕碰碰地行走了几年之后，我遇上了一位奇异的上海女子。这位女子姓周，毕业于北大西语系英文专业——仅仅这个背景在我们那样的小城里就已经戴上了某种光环。她跟随被划为右派的丈夫，来到婆家落户，靠私下教授学生自谋生路。我每周三次风雨无阻地骑着自行车到她家中听课。在这里，我使用了"听"这个字，并非随意或跟从惯例，我是另有所指，因为她授课的重点在训练口语。我们（我和她的其他学生）绕着她坐成黑压压的一圈，听她给我们讲述各种各样在当时的英文教材中从未出现过的新奇故事。我们的听力神经扯得很紧，紧得像一张满弓，因为两遍之后，我们就得按照她的要求挨个重述那个故事。她的评判标准是由两部分组成的，一部分是看我们是否听懂并记住了诸如时间地点人物之类的关键信息，另一方面是看我们使用的词句和语法是否正确合宜。就这样，我们用自己漏洞百出的破英文句子糟践着她的好故事，一个又一个，一次又一次，每重述完一个故事，常常已是一脸一身的汗水。渐渐地，那堵挡在我们跟前的黑墙裂开了口子，那些口子四周长着裂纹，裂缝如藤萝一样延伸交缠。终于有一天，所有的口子都串通成一气，墙轰然倒塌，我们走到了墙的那边。我们发现我们的英文不再仅仅是脑袋和眼睛，它也成了耳朵和嘴巴。它还是脚，领着我们走入他人的世界。它甚至还是手，带我们叩开灵魂和灵魂之间的那扇门。

周老师的教学特色，基本可以用两个成语来概括：循循善诱、不怒自威。前者是指方法，后者是指姿势。她的眼神中始终闪烁着一丝威严的光，即使当她背对着你的时候。学生中有愚顽或懒惰者，常会招致她不留情面的呵斥。隔着几十年的距离再来回望那段经历，她的威严所带来的恐惧早已消散，如今想来满心竟是感激，因为她教会了我一样学习方法，我把它延伸应用到了外语之外的几乎所有学习过程中。到后来，它几乎成了我的处世态度，我用它来抵御着各种不求甚解和模棱两可。

周老师虽然靠私授学生为生，但她并不滥收学生。她衡量一个学生是否可教的一个重要标准，是看这个学生的中文功底如何。她认为中文底子厚实的学生，外语水平的提升只在时日。在她的信念里，母语是一切语言赖以衍生的根基，而任何一门外语，都不过是母语根基之上抽出的一条枝丫，结出的一枚果实。根若厚实，枝必繁茂；根若浅薄，枝必萎靡。她依此原则收了一个英语测试成绩只有十几分，而中文功底颇为深厚的学生，这位学弟后来果真考上了北京大学西语系，成为那个年代流传甚广的一个传奇故事。很多年后，我在海外偶然看到了徐志摩、张爱玲的英文日记和随笔，不禁为他们在第二语言叙事中闪烁出的灿灿才华和机智幽默所折服，那时我才幡然醒悟：这两位并未经受过系统英语文学训练的大家，之所以能在非母语叙事中开出如此繁茂的花朵，着实得益于他们博大精深的母语根系。我至此才真正理解了周老师当年如此关注我们语文功底的深邃用意。

1979年，我用从中学围墙之外东鳞西爪地学来的英文，叩开了复旦大学外文系英美语言文学专业的大门，我那口不入规矩不成方圆的英文，经受了一座名城一所名校的新一轮严苛审视——那将是另一篇文章里的另一个故事。我把我的英文比喻成一件百衲衣，每一个在我求学过程里与我相遇的老师，都在那件衣服上留下了自己的痕迹。我早已分不清哪一块布头来自何丽达，哪一片针脚来自前联合国职员或前教会学校教书先生，哪一条锁边来自周老师……我穿着这样一件百衲衣行走在第二语言的大观园里，感觉自卑，也感觉自豪。

那些年里对一门外语的单纯好奇，到如今似乎也没有完全泯灭。这些日子我常常在欧洲大陆游走，每经过一个语言不通的城市，我都会悄悄地问自己：在今天，我还会有兴致去缝制另外一件也许叫法语也许叫德语也许叫荷兰语的百衲衣吗？我还能有同样的耐心和勇气去面对那个冗长却不乏快乐的过程吗？我还会遭遇另外一个何丽达，抑或另外一个周老师吗？

Maybe（或许）。我对自己说。

爱好之一瞥

有人问过我，什么是生活？什么是生活的艺术？这个话题有点大，我只好把我早年在金工车间工作时的那点本事拿出来，把一个大问题拆卸开来，再一点一点地对付。我觉得生活就是一个人从出生到死亡那个漫长的过程里发生的所有事件的总和，而生活的艺术就是把那些事件调整到一个人可以承受的角度，并在那些事件的间隙里见缝插针地找到自己的兴奋点。

我从事过很多职业，当过小学代课老师、车床操作工、英文翻译、办公室秘书、听力康复师，而在四十岁之后又成了一名作家。工作是我生命中那条一成不变的基线，但在那条基线之上，总跳跃着一些不受任何规矩挟制的活跃点子，那就是我的爱好。

爱好有很多种，有的从童年开始横贯人的一生，像是一个人的青梅竹马。我的青梅竹马是阅读。我的童年和少年是在"文革"的风暴中度过的，那些日子里书籍就像濒临绝种的动物那样珍稀。一本书常常会被严严实实地包在一张貌不惊人的旧报纸里，从一只手传到另一只手，传到最后，就传成了一堆烂纸。为了能长久地拥有一本书，我有过连续一个星期熬夜，从头到尾地把一本书抄写到笔记本上的经历。那本书的名字至今记忆犹新，是台湾作家无名氏的《塔里的女人》。后来我考入复旦大学外文系，世道"哗"的一下说开放就开放了，我被猝不及防地投掷在书的汪洋大海里，于是我疯狂地痴迷上了世界名著。一本又一本，一夜又一夜，或是英文原版，或是中文译本。又过了些时日，生命渐渐从青涩走向成熟，我开始有了自己的判断，便不再那么迷信名著，甚至失去了对虚构小说的向往。我开始喜欢上了非虚构类作品，比如苏珊·桑塔格和西蒙娜·波伏娃的传记，他人他处的生活给了我一种我不曾有机会亲身尝试的他样活法，叫我平添了一丝人到中年最容易流失的激情和轻狂。

还有一些爱好是在成人以后闯进你的生活的，它们是你生命中的新朋友，兴许会长久地驻留，兴许会瞬间即逝，兴许会多次地在你的生活里进进出出。来了你或许欣喜，走了你倒也不至于黯然神伤。园艺就是那样的一个朋友。几年前我以国内的朋友们无法想象的便宜价格，在多伦多买下了一座旧房子。当时喜爱它，是因为它有数目繁多的房间，可以给我提供在其中的某一间里离群索居的自由。成交的时候是白雪皑皑的冬季，入住时已是万象更新的春天。在某个风和日丽的日子，我掀开了关闭已久的窗帘，猝然发现了后院的嫣红姹紫，这才知道这座房子有一片被我之前的人耕耘了多年的大花园。我被意外的惊喜击中，久久无语。从此，我和园艺就结下了一段可以用爱恨情仇来形容的纠结——我在不知情的情况下被拉扯进了园艺这个无底大坑。在初始的不情不愿中，我慢慢学会了如何识别各类杂草和各样鲜花，如何对付藏在玫瑰叶心里的害虫，如何选择合宜的时节和角度给花木剪枝，如何能节水又高效地灌溉园地……我的手臂和脸颊被夏日的骄阳啮咬出一片又一片褐斑，每天我满身臭汗地坐在金银花藤架下，一边诅咒着园艺对我业余时间的蚕食，一边在鸟语花香中感受微醺的快意。

　　另一个后来闯进我生活的爱好是旅游。我时常埋怨它没有在我倒头就睡起身能行的少年岁月里进入我的生命，尽管我知道这不是它的错——那时的我不仅没钱也没时间来赢得它的光顾。这些年我在世界的许多地方都留下过脚印，但我的挚爱是欧洲大陆。在它面前，我是个永远饥渴的孩子，我无法停止吸吮它土壤里博大精深的历史文化营养。而我最向往的，却是我至今还没有机会深入了解的非洲大陆——它让我知道了有一种品质叫宽广，脚步和车轮都无法丈量它的边界。在我的旅游过程里，我渐渐养成了一样在有些人眼里几近病态的癖好：我喜欢去探索世界各个角落的墓园。我喜欢细细地品味墓碑的雕饰和铭文，对我来说每一块墓碑都是一本书，它让我进入墓里那个人的故事。在接近北极圈的一个印第安村落里，我发现了一块 18 世纪中叶的墓碑，墓里埋葬的是一个四岁夭折的孩子。墓碑上的题词是："通往天堂的路是由一个孩童引领的（The road to heaven is lead by a child）。"短短的一句话，看不出永别的伤感和悲切，却隐隐透露着对未知的死亡世界的祥和憧憬。在布达佩斯附近的博尔顿湖边，我找到了一棵泰戈尔于 1926 年在当地休养时种下的树。这棵早已参天的大树边上，竖着一块可以被解读为墓志铭的诗碑：

When I am no longer

On this earth, my tree

Leth the ever-renewed

Leaves of thy spring.

Murmur to the wayfahrer:

The poet did love while he lived.

当我不再

存于世的时候，我的树

将生生不息地抽枝绽叶

在你的春天里

向过路人轻声呢喃：

诗人活过也爱过。

  我的心在看到这块碑的时候发出了快乐的狂跳——我仿佛在诗人淡泊祥和的外表之中发现了一条细细的裂缝：伟大如泰戈尔，也不愿被世界寂寞地遗忘。每当我看见一块有意思的墓碑时，我都想对碑文底下的那个人说一声：谢谢你，虽然我没能和你相遇，可是你的生命对我来说不再是一罐紧紧封存的秘密。你的墓碑卷起了你生命的小小一角，让我窥见了你的性情之光。在那些时刻里，我被意外的欣喜充盈着，几乎忘记了我正在面对死亡这样一个沉重话题。

"你可真是血淋淋的美丽"

认识查理已是二十多年前的事了。

那时我研究生毕业不久，刚刚过了临床实习期，成为一名有牌（执照）的听力康复师，在多伦多一家医院的听力诊所里找到了一份工作。而查理，则是一位从一战战场上退役的军人。二十多年前二战的退役军人遍地都是，而从一战战场上归来还依旧活着的老兵，却已经屈指可数了。

查理下肢瘫痪，上身也不灵活，浑身能比较自如地动弹的地方，只有右手的两个指头。别小看这两根指头，它们所起的作用，可谓举足轻重——查理坐的是一部非常先进的数码程控轮椅，右边扶手上有一排乌黑锃亮的按钮，这排按钮可以指挥这部轮椅前后左右地在人流中厮杀出一条血路，而查理的两个指头，刚好能管这排按钮。

查理第一次来我们诊所，真叫个威风凛凛。那天他穿戴全副军装，前襟别了一排我绝对说不出名目的勋章，极为稀疏的头发上抹了厚厚一层发蜡，齐齐地向后梳去，梳齿的印记清晰可数。带他进来的社工告诉我们，查理刚刚参加完一个战争纪念会。

社工开始帮我填写病员登记表。查理对社工的问话置若罔闻，眼睛只是定定地看着我。查理的目光毛毛虫似的，扎得我身上有些刺痒。我开始介绍我的姓名和职业——这样的开场白我每天都要说好多遍，说得跟背书一样顺溜而面无表情。

查理对我的话也是置若罔闻。半晌，他脸上核桃仁似的皱纹开始挪动起来。我是听见声音才知道他在笑的——查理的笑声震得屋子嗡嗡地颤抖，我感觉天花板在掉渣。

"你可真是美丽。"他说。

这是意译。查理的这句话如果逐字逐句地硬译出来，应该是："你可真是血淋淋的美丽（You are bloody beautiful）。"

这一类的话我不是没有听过。洋人比较夸张，夸起女人来没有谱，只要这个女人大致看得过去。若真看不过去，他们也不会词穷，他们会换个法儿，从夸你的脸转到夸你的脑袋瓜子，说"You are so intelligent"（你可真是有才）。只是我从来没听人使用过"血淋淋"这个词。查理的那部高科技轮椅，压到了病人和治疗师中间的那条线上。我开始感觉不适。于是我收敛起一切笑意，公事公办地吩咐社工把查理推进了测听室。

查理的耳朵很聋，主要语音频率都在60至70分贝以下。我这才明白他说话和笑的声音为什么这么雷人——原来他听不见自己。

测完听力我就给联邦退役军人福利部打报告，申请款项给查理配助听器。临走时查理又用毛毛虫似的眼光看着我，见我不接，就转身对社工说："你帮我问问这位女士，我可以请她共进晚餐吗？"

社工朝我眨了眨眼，对查理说："这位女士又不是不懂英文，你可以自己去问她。"查理也对社工眨眨眼，说："你没看见吗？她不待见我呢。"我明白查理在数落我那张紧板着的面孔，终于绷不住笑了，对查理扬了扬我左手无名指上的那枚戒指。查理又是一阵大笑，说："那又怎么样？一个九十五岁的糟老头还能有多少机会和一个漂亮女人吃饭呢？问一回少一回。"

查理的笑一路轰隆隆地碾过过道。很远了，我还听见他对走廊上那家咖啡店的女招待说："你真是血淋淋的美丽。"我终于知道这是查理对每一个女人都会说的话。

几个星期之后，我收到了老兵福利部的款项，给查理配了助听器。我问他感觉怎样，他说那个劳什子（the thing），塞在耳朵里实在难受。无论是那天还是以后的日子里，我从来没听见查理管他耳朵里的那个装置叫助听器，他永远管它叫"劳什子"。可那天查理戴上"劳什子"走过门口的时候，突然停了下来。查理的眼睛里，渐渐地有了一层薄雾。

"三十年，三十年了，我第一次听见这么奇妙的声音。"

查理指的是诊所里养着的那只金丝雀的啼声。

查理用那两根尚且灵活的手指，示意我走过去。我弯下腰来听他说话。他没说话，却在我的脸颊上亲了一下。当我还在想如何能擦掉颊上那片湿漉漉的口水而又不会明显地冒犯他时，却听见他说："这是我同你的正式道别。不会有下一回了，上帝的耐心快被我磨穿了。咱们就在天堂见。"

我的心里突然有一股温热的东西涌过。我把另一片脸颊也递给了他。

从那以后，每隔几个月我都会见查理一次，复查听力，帮他清理调整助听器。每一次临走时，查理都要上演一出几乎一模一样的道别仪式。有一天我终于不耐烦了，忍不住打断了他："行了行了，你会活到一千岁，我会死在你前头的。我在天堂等你吧。"那阵子我心情很糟糕，身上长了一团很恶毒的东西，那个东西有个学名叫恶性黑色素瘤。我在时时刻刻担心它会在手术刀下复活过来，发起更猛烈的攻击。

查理听了我的话，并不恼，却哈哈大笑，对社工说："她是不是真的血淋淋的美丽？"

查理出了门，又转回来，用那两根指头示意我欠身。我以为他又要亲我的脸颊，可是他没有。

"多笑一笑，啊？"他贴着我的耳朵说。

再后来的半年，预约好的时间里，查理没来。我打电话过去，电话已经关号。

我知道查理终于走了。九十八岁。

在那以后很长的一段时间里，我都会恍惚听见笑声——那些雷一样轰隆隆地在走廊上碾过，把墙壁和屋顶砸出一个个洞眼的笑声。

我和查理，到底谁是病人呢？

我常常问自己。

书言书语

我一生都在逃离故土，我却在孜孜不倦地书写那个我一直都在逃离的地方；我明知道我已经失去了真正意义上的家园，我却在试图通过写作一次次地回归故里。

故土流年的杂乱记忆

几个月前，在中国人民大学联合课堂讨论我的小说《流年物语》时，十月文艺出版社的韩敬群先生说："一个没有离开过故土的人其实是没有故土的。"他说这句话时的神情有些化石般的肃穆，仿佛那是一句经过了一个世纪的酝酿才生出的警世格言。当时我的脊背上浮起了一丝类似于颤簌的感觉——这句话真把我镇住了。

在我二十二岁那年，我以一个车床操作工的身份考入了复旦大学外文系——那是我第一次独自离家出远门。在那以前我一直生活在温州，在那里读幼儿园，上小学，上中学，然后成了一名小学代课老师，再然后进入一家由私人业主合并成的集体制小工厂，这家工厂如今早已和全国的许多中小企业一样不复存在。三十年前的温州不通火车，不通飞机，与外边世界的唯一联系是经由一条叫瓯江的河流出海。在我到上海读书之前，我曾以为瓯江的尽头就是世界的尽头。那时我和温州的关系是自然亲密，毫无间隙的，所以我完全没有思考过"故土""家乡"这一类的话题，如同一个不患牙疼的人，是绝对不会想到自己有牙齿一样。

我至今清晰地记得上大学回家的第一个寒假。那是一个寒冷的腊月天，我乘船回到温州，在安澜亭码头下船时，迎面轰地拥过来一大批人，他们在高声叫卖着一些即便在当时的大上海也不曾见识过的时髦玩意儿：三洋牌录音机，折叠伞，贴着花花绿绿标签的蛤蟆镜，箍着一条条夸张的纹路的太空服，等等。这些物件后来被渐渐除去神秘感，换上了一些不那么耸人听闻的名字，比如墨镜和腈纶棉衣。几个壮汉将我团团围住，霍地撩起衣袖，露出手臂上戴着的一串串五光十色的电子表——那都是些从港台走私过来的冒牌洋货。20世纪80年代初，温州正是走私货物最鼎盛红火的时期，很多人在那时捞进了第一桶金。我被那个阵势惊呆了，脑子一下子散成了无数个碎片，心里浮上一种接近于愤恨的复杂情绪：我离家才几个月，我的家乡竟然变了这么多？现在回想起来，那种情绪的核心不在于"变化"本身，而在于我意识到了自己的"缺席"。"家乡"这个概念，大概就是在那时第一次出现在我的思维之中——我已经和温州有了隔阂。

从那时起我就拼命地想逃离温州，尤其在我知道了瓯江的尽头并不是世界的尽头的时候。我只是没想到，后来我会走得那么远，会在外边待这么久，一转眼就错过了中国风起云涌的三十年。我在异国生活的时间和在故土生活的时间相比，大概是一半对一半。这一半和那一半在时间上是相等的，但在重量上却大不相同。童年、青少年和人生的其他阶段相比，是具有绝对加权重量的。年少时我们的记忆像海绵那样张着巨大的毛孔，贪婪地吸吮着空气中所有的营养，这些营养就会成为生命中最恒久的记忆。一个人一生的记忆是一个大筒仓，童年是铺在筒仓最底下的那一层内容。成人后会源源不断地往筒仓里扔各式各样的记忆，到老了，筒仓的积存达到了饱和的状态，最先流溢出来的总是最表层的近期记忆，而童年和故土却是永远不会流失的基石。也许，对一个作家来说，成年之后在哪里生活并不特别重要，那些后来的住所不过是一个个不停更换的邮政地址，最重要的是他在哪里度过了童年和青少年时光。所以尽管我和温州如今隔着的是两趟飞机将近十六个小时（不算转机时间）的航程，可是我小说想象力落脚的地方，总归还是我的故土——那是我取之不竭的文化营养。

在我写《流年物语》时，有两股气流在我后颈上嗖嗖地吹着若有若无的风，一股叫怀乡——是指那个在地理意义上不复存在了的乡，另一股叫贫穷的记忆。其实这两股气流都发源于同一巢穴，因为在我成长的那个年代，贫穷是一代人的共同记忆。当我还是温州西郊一家工厂的小小车床操作工时，我们厂里进来一个因为征地而从农民身份转换成了工人的小伙子。那个在今天的审美标准看来和刘烨有一拼的帅小伙子，有一个令我至今难忘的名字叫两双，因为他排行第四。由于"四"和"死"是谐音，他就由"阿四"衍变为"两双"。那个奇特的名字留给我的特殊意义，是在几十年之后才渐渐浮现出来的——它让我记起了那个贫穷到连名字也懒得起的年代。把《流年物语》中每一个故事要素串联成一体的那条隐线，其实就是关于贫穷的记忆。书里的主人公在发迹之前居住在温州西郊贫民窟时的名字，就叫两双。当然，这个两双和那个我所认识的两双完全是两码事，可是一个名字往往能给一个作家带来创造一个人物甚至一本书的奇异欲望。

在我写到《流年物语》的主人公两双（后改名为刘年）居住的西郊贫民窟时，我闭上眼睛，几乎可以记得起那条街从街头到街尾每一座房子的模样，包括屋檐和门窗的样式，屋顶上瓦楞的颜色和走向，还有门前的那些树木的形状，我甚至能清晰地想起各路人马在那些院落和街道上进进出出的样子。可是很奇怪，我只有在远方伏案书写的时候，故土的样子才是清晰的、具象的，充满细节、富有质感的。我一回到温州，这些印象如一幅墨迹未干就不小心合拢了的中国画，变得模糊不清了。法国作家勒克莱齐奥说他写大海写得最传神的时候，是身处美国新墨西哥州，远离两片大洋两千公里之外。他需要离大海很远，才能写出大海的精髓。兴许，身体的缺席产生了一种审美的错位。其实，我的一生都是一种错位，在应该上学的年龄段，我已经开始工作，而在应该用知识反哺社会的时候，我却开始上学；我花了整整七年时间来学习英语文学——这里指的仅仅是大学的系统训练，自学的时间不计在内，而我却在一个官方语言是英语的国家里，坚持用母语写作，我的发表渠道和读者群体远隔千山万水；我一生都在逃离故土，我却二十年如一日孜孜不倦（这个表达法让我不由自主地想起焦裕禄）地书写那个我一直都在逃离的地方。潜意识里，我想我大概是想家的，而我回不得家了，我只能通过写作来一次次地想象着归家之旅。

我不知不觉地就会写到耻辱和疼痛，大概是《余震》开了一个不祥的头。在《流年物语》里，我把贫穷看作是一种疼痛，但它又不只是单纯的疼痛。单纯的疼痛是健忘的，最好的例子就是那些在产床上厉声哭号，叫嚷着再也不生孩子了的母亲，过不了几年你兴许又会看见她们挺着大肚子骄傲地行走在街道上。可是贫穷不是简单的疼痛，贫穷是一种生活状态，一种思维方式，一个世界观，一团决定人际关系的潜意识。贫穷还是一种黏度很高的心理疾病。贫穷拖着一个巨大到没有尽头的影子，这个影子在贫穷自身消亡后，还会在贫穷的尸身上存活很久。《流年物语》的主人公两双在长大之后改名为刘年，他想彻底忘却那段不堪回首的日子，可是即使是后来巨大的财富也未能使他逃离贫穷对自己的心理控制。当他躺在死亡的眠床上时，他才终于明白一切都是徒劳——一旦套上了贫穷的轭，他将终生是它的仆役。

《流年物语》不仅是一本关于贫穷的书，也是一本关于耻辱和秘密的书。书中的每一个人物都有各自的耻辱，掩盖耻辱的唯一可行手法，就是用秘密。主人公刘年的耻辱，不仅来自儿时的贫穷记忆，还来自一次在排练《国际歌》大合唱时当众小便失禁的经历。所以，他一生无法直视在家境、学历、身体上都比他强壮优越的妻子全力。在全力面前，他始终是一只背负着巨大包袱的蜗牛，那个包袱的名字叫自卑。但是他在出身卑微的女工尚招娣身上，却找到了彻底的自由和释放。他和尚招娣生下了一个私生子，并把这个孩子藏到了巴黎。只有在他患病死去之后，全力在整理丈夫的遗物时，偶然发现了两张寄往巴黎的汇款单，才醒悟过来这个在所有人眼中几乎毫无瑕疵的模范丈夫，身后却藏掖着一个如此巨大的秘密。

刘年不是唯一身怀秘密的人，全力也有属于她自己的耻辱和秘密。当她还是陈呑底的一名知青时，她被房东智力残障的儿子强奸，怀上了孩子。在那个贞操是一个女人的全副身家的年代里，她的父母亲不得不合谋着把这个失贞的女儿嫁给了受惠于他们的穷孩子刘年，因为他们断定，知恩图报是刘年拥有的唯一资产。这段婚姻是阴谋的结果，却仰仗良善长久地维系着，他们的女儿思源在还没有钻出母腹的时候，基因里就已经携带着叛逆的毒素，一生必然也充满了耻辱和秘密。

书中的其他人物，如刘年的岳父全崇武、岳母朱静芬、全崇武的情人叶知秋等，几乎每一个人都携带着各自的耻辱和秘密的烙印，他们都过着双重甚至多重的生活，但是每一重见得阳光和见不得阳光的生活里，都或多或少地反射着良善的微光。当我的触角探进这些人物褶皱般多重的生活时，我突然发现自己颠覆了一个多年来信奉的概念。我曾以为世上发生的每一件事，都是可以用真相和谎言来截然区分的，而在书写《流年物语》的过程中，我意识到了人性其实是许多个层次的灰的总和。灰的层次越多，人性就越丰富立体。衡量一个社会的包容程度，就是看这些灰是否都能找到自己的立足之地。人性像家乡妇人手制的千层糕，每一层都有各自存在的空间和理由。真相的对立面不一定是谎言，很有可能只是另一种真相。

《流年物语》是我的第八部长篇小说。在我年轻一些的时候，我曾经不知天高地厚地夸过口，说我的小说初稿和后来的修改稿不会存在太大的差别，写下的文字推倒重来的事情几乎从未发生过。然而这一次我终于遭遇了滑铁卢。在写到十万字左右的时候，我突然对已经成型的文字产生了腻烦心理——不是因为故事情节本身，而是因为叙述方式。这部小说的几个主要人物都过着不同程度的多重生活，作者的观察力通常只及一面，充满盲点。用这样一双眼睛充当正面、侧面和背面等每一重故事的观察者，难免有些力不从心，小说写着写着就陷入一种单调疲惫的状态。我试图寻找一个新的叙述角度。某一个电闪雷鸣之际，我突然想到引进一双不具盲点的眼睛，来替代我自身受视角时间空间光线多重限制的眼睛。于是我推翻了已经成稿的文字，重新设置故事框架，在每一个章节引入了一件与主人公朝夕相处密切相关的物件，由它来承担一个"全知者"的叙述者身份，比方说主人公随身携带的药瓶子、手表、钱包，在主人的屋檐下筑巢的麻雀，在主人的床底下搭窝的老鼠，等等。它们能窥视到主人公生活的各个侧面，它们补充丰富甚至替代了作家本人的狭窄视角，从各个角度剥洋葱似的揭开了人的世界里的重重秘密。《流年物语》这个书名，就是从这个灵感中衍生出来的。"流年"指的是流逝的时光，也正好与主人公刘年谐音；"物语"既借鉴了日本文学中"物语"的故事涵义，又点出了物件自身的视角和声音。

但是这些物件起的并不仅仅是眼睛、耳朵和嘴巴的作用，它们各自又有着自己的故事。比如说那只在两双的床底下搭窝的老鼠，祖先曾是日本长崎原子弹核灾难中的幸存者，跟随着一名美国海军来到了中国，繁衍下自己的后代；那只在朱静芬的屋檐下筑巢的麻雀，是"除四害"运动中的幸存者，而它的全家，都已经死于非命；那只全崇武一直戴在腕上的沛纳海手表，曾经属于一个参加了朝鲜战争的美国年轻军人。这只手表从欧洲大陆一路辗转来到美洲大陆，又从美洲大陆流落到亚洲大陆，本身就是一个极为传奇的身世故事。这些"物"的故事，成了人的故事中的历史背景，又和人的故事穿插对应，编织成一张错综复杂的网。我终于在文字的废墟中重新捡起一条新思路。当我忐忑不安地沿着这条充满不确定因素的新思路行走时，我发现那些有关"物语"的文字，恰恰是最具有灵气和流动感的部分。在写到那只极度自恋，最后化为阴魂，在毒死它的小女孩的脑子里翻江倒海的野猫，那个被新旧纸币的争吵声搅扰得不得安宁的灯芯绒布钱包，那只被意大利名表匠亲手制作，终生向往着大海，却永远被囚禁在陆地上的沛纳海手表时，我感到了自己在"人事"的牢笼里所不曾感受过的淋漓快意。我突然醒悟过来：我对现实世界里的"人事"是怀有恐惧感的，只有在"物"的世界里，我才获得了想象的全然安宁和自由。

《流年物语》是一部我怀着奇怪的情绪完成的小说，因为在书写的过程中我经历了一种渴望成长的冲动。在我这个年纪谈论成长又是一种接近于荒唐的严重错位，可我就是渴望着能从旧枝丫上抽出一两片新芽叶。我把这种冲动归咎于我在潜意识里对成熟的抗拒。其实，成熟也不见得总是个好词，它和慈祥一样，都与死亡有着一丝隐隐的不祥联系。我忍不住还在奢望着自己能在想象力的固有边界上，时不时踹出个小小的缺口，从那个缺口里抽出一条怪枝。

在时光的隧道里回望生命

——《生命中最黑暗的夜晚》创作谈

我从小痴心迷醉我前一代或半代人的生活，那些比我年长的人的记忆便成为我成长过程里无可替代的养料。我记事的时节里，苏俄和东欧已经成为中国往事，可是我却愿意长久地驻留在往事留下的蛛丝马迹上，回溯渐行渐远的历史。这也是为什么，在许多年前的一天，当我读到王蒙先生重归苏联的游记时，我会为那段不属于我生命内容的回忆，流下感动的热泪。

我走过了世界上许多地方，但一直与东欧擦肩而过。布拉格、布达佩斯、维也纳，那是几个可以在梦中把我烧醒的地名。2010年10月，我终于踩到了东欧的土地上。当然，至今回想起来，我希望自己的东欧之旅不是在这样一种心境之下铺展开来的。

《生命中最黑暗的夜晚》是我开始小说创作以来，与我个人经历最为接近的一部小说。小说就源自去年秋天的那场旅行。旅途的出发点在法国巴黎，途经海德堡、玛丽亚温泉城、布拉格、巴拉迪斯拉发、布达佩斯、维也纳、萨尔斯堡、因斯布鲁克，最后从斯特拉斯堡回归巴黎。沿着那样一条路线，我看见了布拉格城河里泛着黑锈的河水，巴拉迪斯拉发街头长满了青苔的雕像，布达佩斯英雄广场上士兵绿呢大衣上的颓败尘垢。我被时间摧毁一切的能量震撼。时间不仅摧毁了一切客观存在的事物，时间也同样摧毁主观世界里存在的一切，比如信念，比如感情，比如理想。我情不自禁地产生了一种强烈的愿望，希望能像普鲁斯特小说里的主人公们那样，建立一种与时间相抗衡的回忆系统。在回忆中重塑的历史，是无法与被时间摧毁了的历史对证的，于是小说家在那个无法对证的空间里，获取了他所需要的一切想象自由。

我就在那个空间里铺陈了一条旅行线路。可是那条线路不能仅仅是路，而没有人物。于是，我设计了一群人。这群素昧平生的人，在这辆旅游大巴上萍水相逢，相互猜疑，各怀心事，彼此毫无信任感。在远离尘世的一周里，他们却意想不到地遭遇了生命中无法躲避的熟人——记忆。我最先的设想是把他们写成一群盲人——一群被自己的痛苦遮天盖地地蒙蔽了的盲人。在动笔的过程中，上帝给了我一种暗示，一种没有声音的暗示，于是我无法自制地给了他们光明。他们是在窥探别人黑暗的过程中，渐渐看出了黑暗的破绽的。这些破绽很细小，却足够给那位和我一样被暗地的石头砸得遍体鳞伤的沁园，带来重归家园的希望。希望也许浅薄，可是浅薄地活着，终究强过绝望地死去。

因为每一个夜晚，哪怕再黑暗，终究还会终结在一个早晨上。

《金山》追忆

　　与我先前的大部分作品不同，《金山》并不是心血来潮之作。《金山》的最初一丝灵感，其实萌动在二十多年前。只是当时我并不知道，这丝灵感需要在岁月的土壤里埋藏潜伏如此之久，才最终破土长出第一片绿叶。

　　那是在1986年。

　　那年夏天我离开渐渐热闹起来的京城，忐忑不安地踏上了去加拿大的留学之旅。至今尚清晰地记得那年9月的一个下午，青天如洗，树叶色彩斑斓，同学开着一辆轰隆作响的破车，带我去卡尔加里城外赏秋。行走在铺满落叶的路径上，几乎不忍听见脚下那些辉煌生命的最后裂响。习惯了江南绵长秋季的人，很难想象在落基山高寒地带，秋和冬的交接常常就是在一场雨中完成的。骄阳是一种假象，其实冬天已经浅浅地匍匐在每一片落叶之下，随时准备狙击不知乡情的外来客。

　　许多年后回想起那次郊游，烙在我脑子里的鲜明印记，竟不是关于秋景的。那天行到半路的时候，我们的车胎爆裂了。在等待救援的百无聊赖之中，我开始不安分地四下走动起来。就是这时，我发现了那些三三两两地埋在野草之中，裹着鸟粪和青苔的墓碑。我拨开没膝的野草，有些费劲地认出了墓碑上被岁月侵蚀得渐渐模糊起来的字迹。虽然是英文，从拼法上可以看出是广东话发音的中国名字。有几块墓碑上尚存留着边角残缺颜色模糊的照片，是一张张被南中国的太阳磨砺得黧黑粗糙的脸，高颧骨，深眼窝，看不出悲喜，也看不出年龄。年龄是推算出来的。墓碑上的日期零零散散地分布在19世纪末和20世纪初——他们死的时候都还年轻。

我突然明白了，他们是被近代史教科书称为先侨、猪仔华工或苦力的那群人。

在大洋那头以芭蕉为背景的村落里，他们曾经有过什么样的日子？在决定背井离乡走向也许永远没有归程的旅途时，他们和年迈的母亲、年轻的妻子，或许还有年幼的孩子，有过什么样刻骨铭心的诀别？当经历了"浮动地狱"之称的海上航程，终于踏上被淘金客叫作"金山"的落基山脉时，他们看到的是怎样一片陌生的蛮荒？

疑惑一个又一个地浮涌上来。被秋阳熨拂得十分妥帖平整的心情，突然间生出了一些皱褶。

其实，我是可以写一本书的，一本关于这些在墓碑底下躺了将近一个世纪的人的书。

在回家的路上，我对自己说。

可是最初的这丝感动很快被应接不暇的生活需要所吞噬，无声无息地销蚀在日复一日为安身立命所做的种种烦琐的努力之中。在这之后的十几年里，我完成了两个相互毫无关联的学位，尝试过包括热狗销售员、翻译、教师、行政秘书以及听力康复医师在内的多种职业，在多个城市居住过，搬过数十次家。记忆中似乎永远是手提着两只裹着跨省尘土的箱子，行色匆匆地行走在路上。然后停下步子，把两个箱子的行装，拓展成一个屋子的杂乱。然后再把一个屋子的杂乱，削减成两个箱子的容量，再次上路。关于华工小说的书写计划，偶尔也会浮上心头，尤其是当我在电视上看到温哥华1907年"排亚大暴乱"周年纪念活动，或是在报纸上读到国会讨论人头税赔偿方案的新闻时。可是这样的感动如同被风泛起的一片叶子，在水面轻轻地翻过一个身，就重新沉落在水底。

直到2003年夏天。

那个夏天我受邀参加海外作家回国采风团，来到了著名的侨乡，四邑之一的广东开平。就在那里，我第一次看到了后来成为世界文化遗产的碉楼。这些集碉堡和住宅为一体的特殊建筑群，是清末民初出洋捞生活的男人们将一个一个铜板省出水来寄回家盖的，为了使他们留在乡里的女人和孩子们免受绑匪和洪涝之苦。出洋的男人散布在世界的各个角落，盖出来的碉楼也就不可避免地带了他们歇脚的那个国家的特色。罗马式的窗楣里，镶嵌着岭南特色的灰雕。巴洛克式复杂纷繁的门框边上，放置的是广东人世世代代焚香祭拜的祖先神龛。哥特式的尖顶被当地的泥瓦匠削平了，只留下一串低矮滑稽的廊柱，中间有一些黑色的圆孔，是用来放置枪支的洞眼。抹去后人加给它们的种种传奇浪漫色彩，这些楼宇不过是一个动荡多灾、颠沛流离的时代留在南中国土地上的荒诞印记。

当我看见那些楼宇被粉饰一新地拿出来招徕观光客时，我依稀听见了历史在层层新漆的重压之下发出无声的抗议。短暂的新奇感很快过去，接踵而来的是一种深深的失望。就在我正要决定回旅馆的时候，我们的领队通过关系找到了一把钥匙进入一座尚未被后人的油漆刷和水泥刀碰触过的旧碉楼。听到这个消息我的心凶猛地跳了起来，跳得一街都听得见。我似乎预见到我将与一样我尚无法叫出名字的东西发生一次重要的碰撞。

那天在8月尾，无比炎热，穿过由厚厚的芭蕉败叶铺就的荒地时，蚊子开始了暮色之前的第一轮进攻，我裸露在夏装之外的胳膊和腿上很快爬满了粉红色的叮痕。这不过是一次小小的预演——碉楼里的蚊子比它们野外的同胞凶猛百倍。楼很旧了，不住人，只有几样残留的家具，样式和颜色都属于另一个朝代。墙上挂着一些泛黄的字画，据说是女主人在等候出洋丈夫的漫长岁月里所作。走上三楼时，我看见了一个深红色的梨木大衣柜——红在这里只是一种由习惯而衍生出来的想象，其实最初的颜色早已褪失在岁月的流水之中，只留下一片混混沌沌的黄褐。我并没有期待它藏有玄机，因为这座楼早已被它最后一拨主人废弃几十年了。可是当我被好奇的天性驱使打开那扇吱呀作响的柜门时，我却怔住了。

里边有一件衣服，一件女人的衣服。

是夹袄。长袖，斜襟，宽滚边，依稀看得出是粉红色，袖口襟边和下摆用金线绣了些大朵大朵的花——也许是牡丹，也许是芍药。衣衫挂得歪歪斜斜，一只袖子胡乱地塞在衣兜里，仿佛女主人是在一片仓促之中脱下锦衣换上便装出走的。我把袖子从衣兜里扯出来，却意想不到地扯出了另一片惊异——原来这件夹袄的袖筒里藏着一双玻璃丝袜。袜子大约洗过多次，早已失却了经纬交织的劲道，后跟上有一个洞眼，一路挂丝到袜口。我用食指抚着那个洞眼，突然感觉有一股酥麻，如微弱的电流从指尖颤颤地传到头顶。

是她在呼唤我吗，这件衣服的主人？

裹在这件年代久远的绣花夹袄里的，是一个什么样的灵魂呢？这些被金山伯留在故乡的女人，过的是什么样的日子呢？在日复一日年复一年的隔洋守候中，她们心里，有过什么样的期盼和哀怨呢？

一件褪了色的旧衣，一双挂了丝的袜子，又一次拨动了我作为小说家那根灵感的弦。我强烈感觉到，我写《金山》的时候快要到了。

我被这种感觉又追了两年。我对这个题材又爱又恨，爱是因为它给了我前所未有的感动，恨是因为我知道这是一项扒人一层皮的巨大工程，无论是在时间还是在精力上，几乎都不是我这个作为听力康复师的兼职作家能够驾驭的。这本书和现代都市小说的书写方式有着极大的不同，它所涵盖的故事发生在一个巨大的历史框架里，而且它牵涉到的每一个细节都很难从现代生活里简单地找到依据。必须把屁股牢牢地粘在椅子上，把脚实实地踩在地上，把心静静地放在腔子里，把头稳稳地缩在脖子中，准备着久久不吭一声地做足案头研究——极有可能会在这样长久的寂寞中被健忘的文坛彻底忘却。

我被这个前景吓住了，于是便把这个庞大的写作计划往后推了又推。在这中间，我发表了第三部长篇小说《邮购新娘》和《雁过藻溪》《余震》等几部中短篇小说，并获得了一系列的文学奖。可是，那些墓碑下、锦衣里的灵魂，在我每一部小说完成之后的短暂歇息空当里，一次又一次地猝然出手，把我的安宁撕搅得千疮百孔。

终于有一天，我被那些灵魂驱赶得无处藏身，只好忍无可忍百般不情愿地迈出了研究考察之旅的第一步。

在这样一段尘封多年且被人遮掩涂抹过的历史里寻找突破口，如同在坚硬的岩石表层凿开一个洞眼般困难。由于当年的华工大都是文盲，修筑太平洋铁路这样一次人和大自然的壮烈肉搏，几乎没有当事人留下的文字记载。铁路以后的先侨历史开始有了一些零散的口述资料，然而系统的历史回顾却必须借助于大量的书籍查考。除了两次去开平、温哥华和维多利亚实地考察之外，我的绝大部分研究，是通过几所大学东亚图书馆的藏书及加拿大联邦和省市档案馆的存档文献及照片展开的。同样一段历史，中西两个版本的回溯中却有着一些意味深长的碰撞和对应。当我一头扎进深潭般的史料里时，我惊奇地发现，我对这段历史的一些固有概念被不知不觉地动摇和颠覆了。我突然意识到一个几世纪前就被航海家们证明了的真理：地球原来是圆的。于是，我决定摒弃某些熟稔而舒适的概念和口号，进入一种客观平实的人生书写。我不再打算叙述一段宏大的历史，而把关注点转入一个人和他的家族命运上。在这个枝节庞大的家族故事里，淘金和太平洋铁路只是背景，种族冲突也是背景（我在这里小心地回避了"种族歧视"这个字眼，因为我觉得这是一个把复杂的历史社会现象概念化简单化了的字眼，正如西方现代医学爱把许多找不到答案的症状笼统简单地归类为忧郁症一样），人头税和排华法也是背景，二战和土改当然更是背景，真正的前景只是一个在贫穷和无奈的坚硬生存状态中抵力钻出一条活路的方姓家族。

在收集资料的过程里，我发现了一张抵埠华人的合影。那张照片的背景是在维多利亚市的轮船码头，时间大约是19世纪末。这样的照片在我手头有很多张，没有确切的日期，也没有摄影人的名字，只有一些后人加上去的模模糊糊语焉不详的文字说明。可是这张照片却突然吸引了我的眼球，因为我注意到在众多神情疲惫的过埠客里，有一个戴着眼镜的年轻人。这副眼镜如引信，瞬间点燃了我的灵感，想象力如炸药爆响，飞出了灿烂的火星。那个在我心目中孕育了多年的小说主人公方得法，就在即将出世的那一刻里改变了他的属性。除了坚忍刚烈忠义这些预定的人物特质之外，我决定剥除他的无知，赋予他知识，或者说，赋予他对知识的向往。一个在乱世中背井离乡的男人，当他用知识打开的眼睛来巡视故土和他乡时，那会是一种何等的疮痍。

我原来以为一旦做好案头考察，动笔的过程大约是行云流水的，一如我从前的小说创作。可我却又一次落入了自己设置的圈套之中。我对重塑历史真实的艰难有了充分的设想和准备，可是我并没有意识到细节重塑的艰难。我向来认为好细节不一定保证产生好小说，可是好小说却是绝对离不开好细节的。我无法说服自己将就地使用没有经过考察、根基薄弱的细节。

四十多万字的写作有无数的细节，每一个都像刘翔脚下的百米栏一样让人既兴奋又胆战心惊。我需要知道电是什么时候在北美广泛使用的；我需要了解粤剧男全班和女全班的背景；我需要知道肥皂是什么时候来到广东寻常百姓家的；我需要知道唱机是什么时候问世的，最早的唱片公司叫什么名字；我需要了解1910年前后的照相机是什么样子的，一次可以照多少张照片；我需要明白20世纪初的广东碉楼里使用的是什么枪支，可以连发多少颗子弹……这些数量惊人的细节，使得我的写作变得磕磕绊绊起来。有时为一个三两行字的叙述，我必须在网上、书本里和电话上消耗几个晚上的时间。筋疲力尽的我开始诅咒自己，为什么要踩进这样深的一潭烂泥淖。改变心境的妙方常常是一场热水澡或一部好莱坞轻松烂片。之后我又继续坐到电脑前，将一个个丰润的夜晚渐渐熬瘦。

　　写完《金山》最后一个字的时候，是2008年12月中旬，离圣诞只有一周了。我像猫一样伸了一个巨大的懒腰，心里却没有以往小说杀青时特有的兴奋。那是一个极为寒冷的周六下午，肥硕的雪花伸出冰冷的舌头，在我的窗玻璃上舔出一个又一个多角的唇印，街上的圣诞音乐磨去了寒风的尖锐棱角，一片从未有过的安宁如水涌上心头：那些长眠在落基山下的孤独灵魂，已经搭乘着我的笔生出的长风，完成了一趟回乡的旅途，尽管是在一个世纪之后。

　　愿这些灵魂安息。

　　近年来，海归已经成了不独属于科技界和商界的时髦名词。我的海外文友中，已有数位决定长住国内。每次听到他们在国内文坛上风起云涌的动静，我便抱怨自己为何选择久居在这个遥远而多雪的他乡，以致错过了大洋那头的热闹和精彩。放下《金山》书稿的那天，我突然意识到，上帝把我放置在这块安静到几乎寂寞的土地上，也许另有目的。他让我在回望历史和故土的时候，有一个合宜的距离。这个距离给了我一种新的站姿和视角，让我看见了一些我原先不曾发觉的东西，我的世界因此而丰富。这个距离让我丢失了许多，却也得着了一些。

我因此心安。

关于门罗和逃离的杂想

　　每逢金秋十月，诺贝尔文学奖颁布在即，空气总是绷得比平日略略紧一些，呼吸撞上去隐隐有些回响。这是个大戏开场的时节，幕布拉得很是严实，台下观戏的似乎远比戏里的角儿紧张纠结。我不太跟踪这一类新闻，印象中总是在被几家熟悉的媒体追问对得主印象的时候，才意识到自己已经错过了石破天惊的那一声开场锣鼓。潜意识里我可能觉得世上所有的奖项都仅代表一种视野、一个角度，赞成也可，反对也无妨，只是不必为之上心到癫狂的地步。

　　这两季的得主却与往常不同，前一季是一位和我分享同一片语言文化土壤的同胞，这一季是一位和我呼吸着同一片蓝天的空气的同行。前一位来自我的故土，是我熟知而敬重的作家莫言；后一位是来自我的移居之地的爱丽丝·门罗，我虽不熟知却也与之有点小小的私人关联——这点留在后边再做解释。前一季的欢喜我已经在前一季说过了，这一季里希望能说些新话。

尽管多数诺奖得主希望把这个奖项看成是对个人文学成就的肯定，可是从得奖的那一刻起，他们就已经身不由己，总会有各样的声音要给他们贴上各类延伸拓展的社会意义。门罗也不能避免。

　　加拿大文学在世界文学的版图里，是一个相对寂寥的角落。我学过七年的西洋文学，求学期间竟然没有读过一本加拿大作家的作品。后来听说了玛格丽特·艾德伍德的名字，却依旧没有读过她的书。这是一个我居住了二十多年的国家，我的阅读取向让我汗颜。门罗的得奖把一束强光带进了这个角落，世界文学的视野里因而有了一片新的景致。

　　近两个世纪女性写作的呼声似乎连绵不断，从乔治·桑到伍尔夫到波伏娃到桑塔格，世界文学天幕上隔三岔五就会出现一个偶像级的女作家。可是我对这样响亮的呼声心存疑虑，总觉得唯有欠缺才会产生呐喊——谁见过男作家为他们的写作发出祈求关注的嚷嚷？在迄今为止一百一十位诺贝尔文学奖得主中，女性得主只占十三位，这本身就是答案。门罗给予女性写作的，不仅是声音，而且是光。

　　尽管一直有人在为短篇幅的小说做着各式各样的辩护，可是契诃夫莫泊桑的辉煌时代已经消逝，有那么一大群古板的人（包括我自己）愚蠢而固执地以为长篇小说才是衡量一个作家功底的标准。门罗的得奖捆了这些人一掌，让他们明白恢弘是一种力量，精悍也是一种力量，它们不能相互取代，而应站在同等的高度上彼此脱帽致意。门罗第一次把来自瑞典的北极光，带进了短篇小说的僻壤。

总之，2013年的秋天，八十二岁的爱丽丝·门罗像《创世记》里的那个上帝（绝无亵渎之意），把她那双被笔磨出了茧子的手轻轻一挥，于是加拿大有了光，女性文学有了光，短篇小说也有了光。站在那三个光环的交错地带里，我隐隐地觉得我也分着了一片光。

　　近年来我很少读小说，注意力已经转向了历史文献、自传、回忆录等非虚构类型。朋友们说这是阅历所致，我心底里虽然明白这是恭维，却也很受用。我不熟悉门罗的作品，迄今只读过她的中译本《逃离》。遭遇《逃离》的过程与十月文艺出版社有关——我和门罗有幸分享了同一家出版社。更为有幸的是，我们分享了同一位责任编辑。

　　《逃离》的责编之一，是一位叫朱丹的年轻女子。她是我的乡党，北大中文系毕业之后在北京漂泊，艰难却热情洋溢地追寻着她的文字梦想。她编过我的几本书，我们因此结下了书里和书外的情缘。记得有一年我从北京返回加拿大，临别时朱丹送了我一本书，说那是值得费几两力气背上飞机的好东西。那本书就是门罗的《逃离》。我相信朱丹的眼力，果真在飞机上读了《逃离》。说真的，在这个纷纷扰扰的世界里，能心无旁骛地读书的场所只有两处，一处在厕所，一处在飞机。好几年没认真读小说了，门罗却一下子把我带进了她的领地——加拿大的安大略省乡间，那是一个离我的家很近的地方。书中那些处在各个年龄段的女子，无一例外渴望着逃离——逃离青春，逃离爱情，逃离家庭，逃离清规戒律，逃离生命追在身后的巨大影子。那些性格桀骜孤僻、特立独行的女子，在我心中留下了斧凿刀刻的印记。

近几届的诺贝尔文学奖得主里，好几位都有过漂泊的经历。他们一生行走过许多地方，都不在出生国写作，却都隔着遥远的时空距离，在故土之外写出了关于故土的浓烈篇章，如莱辛、勒克莱齐奥、库切等。他们是被连根拔起的树木，一生在寻找着重新根植自己生命的土壤。而门罗却不需要像他们那样把写作当作回归故土的途径，因为她的故土她的家园从来就没有远离过她的视线。她扎扎实实地踩在安大略乡间的泥土里，从那片土地里汲取养分，也给那片土地奉献她的灵感。其实她从未停止过行走，只是她和他们的行走方式有所不同——当他们行走得很远的时候，她却走得很深。

　　后来才知道，参与门罗《逃离》编辑的，除了朱丹之外，还有十月文艺出版社的主编韩敬群先生。敬群是我的出版人，我们因为书的缘故熟稔而相知。其实拉近我们距离的不仅是我们共享的汉语疆界，还有对英语世界的好奇和探求。敬群不仅是北大中文系的高才生，也精通英文，对文学翻译兴趣盎然。据说在邀请知名翻译家李文俊先生翻译《逃离》的过程中，敬群曾为李先生的译文拍案叫绝。他至今还记得李先生怎么把"tumultuous"译成"热辣辣"，而把一个简单的"and"译成"话说回来"。

　　得知本届诺贝尔文学奖花落谁家的时候，正逢我从东欧归来，行走在西欧的土地上。大西洋的风扑面而来，空气里已经有了明显的秋意。我的脚步是小心翼翼的，生怕惊扰了几个世纪以来沉睡在我脚底的厚重历史。这片大陆产生过众多诺奖得主，连路边的清道夫也可以随口为你朗诵一段拜伦。我与一位出生在突尼斯的年轻人偶遇在一家小餐馆，我们在分享了各自的移居经历之后，他突然说他已经厌倦了欧洲因循守旧、令人窒息的生活方式，他向往美洲大陆的宽阔和自由。我瞬间怔住。就在我作为一个过客被欧洲文化深深吸引的时候，他坐拥着我所向往的一切，却试图逃离。我突然对门罗的逃离母题有了新的理解。其实大千世界里谁的内心深处没有一丝逃离的冲动？拥有深邃的渴望投奔宽广，拥有宽广的期待进入精深，厌倦了理想的躁动的渴求宁静，而坐拥宁静的却又觊觎着精神或许还有肉体的突围。

所以才有了逃离的永恒话题。

所以才有了门罗。

散落在文字间的一番闲话

开始构思第一部长篇小说《望月》，是在 1996 年，正值我去国离乡十年之际。

十年里我在加拿大和美国之间漂泊流浪，居住过五个城市，搬过数十次家。常常一觉醒来，不知身在何处。十年里我尝过了诸多没有金钱没有爱情也没有友情的日子，见过了诸多大起大落的事件，遇到过诸多苦苦寻求又苦苦失落的人。

于是就有了《望月》这本书。

虽然我也曾零零散散地发表过一些中短篇作品，《望月》却是我第一次尝试长篇小说。写作的过程如同芭蕾演员的舞步，行云流水似的流畅着，完全没有第一本书的生涩、惶惑和忐忑。十年的经历如山泉，笔只是一口极小的泉眼。山泉热切地渴望涌流的生命，泉眼里流出来的，却只是压抑了的细碎涓流。没有想到市场。没有想到读者。杂念是后来才渐渐滋生的。

写书的过程中出了一个乱子。我左腿后侧一块躁动不安的黑痣，被诊断为恶性黑色素瘤（第二期）。医生的断言是至多五年。走出医生的办公室，外边是一个明丽的秋日，天蓝得让我几欲流泪，树叶在喧乱地改变着颜色。回到家，拿起刚刚开头的书稿，我相信这将是我的第一本也是最后一本书了。

发表的过程就复杂多了。那时还没有电子邮箱，与国内的联系基本还依赖于最原始的邮寄方式。一封又一封贴满了越洋邮票的信，一次又一次的等待和失望。日历上渐渐挤满了"寄××出版社"的记载。直至有一天，偶然听到了袁敏的消息。袁敏是二十年前的旧交，由于时空的阻隔，久已不联络的我并不知道她已转至作家出版社工作。她花了整整一天的时间看完了我的书稿，放下书，望着窗外的曙色，她轻轻地叹了一口气。

三个月后，1998年1月，《望月》由作家出版社出版发行，几乎没有引起任何关注，很快就无声无息地消失在书的海洋之中。然而，它是我的长篇处女作，这是无可更改的事实。

数年之后再读《望月》，便觉出了其间的凄凉和哀婉。情节可以改变，结构可以重塑，只有彼时彼刻与生命相关的某些情绪，已如一股暗流，无法消除地涌动于文字之间的狭小空间。

《望月》终于没有成为我的最后一本书。我依旧活着，似乎健康。在当着康复医师的同时，依旧做着别的梦。依旧在无名和成名之间的尴尬地带徘徊。

依旧写作。

写《邮购新娘》时，已经时隔了六七年，其间经历了一系列的中短篇小说和另一部长篇小说《交错的彼岸》的创作过程，笔落在纸上不再是《望月》里那种自由混沌的流动状态了，故事走向、人物性格、语言表述上都已经有了一些应有和不应有的盘算。只是倾诉的欲望依旧。

《邮购新娘》的部分内容，已经在一部名为《羊》的中篇小说里出现过。写《羊》的最初冲动，源自一次非常偶然的阅读经历。那是一个懒散的春日下午，在超市等待付款的无聊间隙里，我顺手抓过一份当天的报纸，于极其不经意之间看见了一则书讯。书是一位身居北欧的女教师写的，记载着她曾祖父一百多年前到中国传教办学的经历。节选的篇幅里提到了一个被她曾祖父放过脚并收为学生的女孩子。那个没有名字的女孩子躺在几行字构成的简陋空间里，面目含糊，毫无个性地失落在历史和现实的夹缝里。灵感的到来事先并无预兆。就是在那一刻里，我突然萌生出一种要把她从厚重的历史积尘里清洗出来的强烈欲望。

我给这个女孩起名叫路得——路得是《圣经·旧约》里的一个贤德女子。其实在最初的设想里，路得是我写作舞台上的唯一前景，所有其他人物和故事都只是为路得做陪衬的中景和背景。然而近年来在国内投稿的经历告诉我，这种与现代人生活脱节的历史题材是很难得到青睐的。渴望青睐是所有写作人的私心，而我的一线私心一旦膨胀起来，就毫无原则地遮掩了最初的冲动和意图，于是就出现了羊阳以及从羊阳身上延伸出去的黎湘平、保罗等人物。就这样，历史从前景被推入背景，一个现代的隔洋男女故事渐渐长成了枝干，而可怜的路得却成了枝干上的一片叶子。

然而我的私心却得逞了。

《羊》在《收获》上发表之后，被多方报刊转载，并登上

2003年中国小说学会的排行榜——那是后话。看到自己的名字和自己的人物被一次又一次地洗涤一新，穿戴齐整地呈现在油墨的清香中，我心里浮上的是一种半是惶惑半是得意的感动——文人的轻贱可见一斑。

夜深人静的时候，我才有了一丝一缕的负罪感。我辜负了那个名叫路得的女子。她依旧躺在历史的积尘之下，年轻着也幽怨着，等待着我的关注。是那种一心一意的关注，而不是犹犹疑疑心猿意马，如同我把她放在《羊》里的姿势。路得的眼光很软也很韧，终于将我看得无地自容。

于是我急急地寻求补救的方法——我决定把路得和她的故事拓展成为《邮购新娘》中一个独立而重要的章节。如果把整部小说比作一条时急时缓的河流的话，路得的故事就是河流上的一座桥梁。桥本身并不构成河流，然而桥是独属于河流的一道景致。没有桥的河流至多只能叫作水。

《邮购新娘》是一本关于历史和女人的书。在女人的故事里，历史只是时隐时现的背景。历史是陪衬女人的，女人却拒绝陪衬历史。女人的每一个故事都是与历史无言的抗争。女人的争战有时赢，有时输。路得输了。路得也赢了。路得输在无知妄为上，路得也赢在无知妄为上。路得输给了全世界。路得却赢得了一个男人——当然是指作为男人最精髓的那一部分。

近年来我的小说里连续出现了一些牧师或者与牧师相近的人物，如《望月》里的李方舟，《交错的彼岸》里的安德鲁，《邮购新娘》里的约翰、保罗父子。朋友们开始取笑我的"牧师情结"。其实我更愿意把牧师看作普通男人，一些有着不寻常的职业的普通男人，一些离天略微近一点、离地略微远一点的男人。我的本意是写遭遇——男人遭遇女人、信念遭遇欲望、感情遭遇时空的那种遭遇。在这样的遭遇网里，牧师是最合宜的载体。在牧师这个位置上，各样的遭遇不能不被推入极致。极致的残酷里就出现了人性的拷打，拷打中催生了小说的凄婉。在经历了这样的极致之后，很少有人可以脸不改色地对上帝说："主啊，我爱你胜过爱世界。"

我喜欢这样的极致。极致是两端的极限延伸，一端是飞翔的翅膀，另一端是落地的双足。我的主人公和我一起不断地在飞翔和落地中经历着撕扯和磨难。飞翔的时候思念着欲望丛生的大地，落地的时候又思念着明净高阔的天空。

飞是一种伤痛。落地也是一种伤痛。

伤痛给了我们活着的感觉。

希望这样的感觉能自始至终地贯穿在我的每一部小说里。

力从隐忍生

——《阿喜上学》创作谈

这几年我为长篇小说《金山》做了许多案头准备。这个准备过程像漫长的隧道，阴暗且不知哪里是尽头。但是偶然也有岩层薄弱，透出一两丝天光的时刻。阿喜就是在这种时刻走进我的思绪的。

在翻阅史料的某一天里，我撞到了一句话。"几十年里难以攻克的种族壁垒，最初的一丝松动并不是发生在政客的谈判桌上，而是发生在学校的操场上，当两个不同肤色的孩子为抢一个球而发生肢体碰触的时候。"（大意）这句话电闪雷鸣般地在我沉涩的思路中开辟了一条蹊径，让我看到了一小群从前没有注意到的人。

在讨论一个多世纪的华侨历史时，我们的关注点常常放在最初的拓荒者和后来的收获者上，却忽略了这两者中间的渐进过程。当第一代华工最初踏上落基山脉时，等待他们的是一个陌生而敌对的世界。"种族歧视"是一句用滥了的套话，它盖住了比它本身复杂得多的社会心理现象。歧视和敌对的本质是无知，以及从无知衍生出来的猜忌和恐惧。第一代的华工和外边的世界之间有一层坚固的营垒，世界不想了解他们，他们也没有给外边世界了解他们的机会。而当他们的孩子出生时，营垒的墙壁上出现了第一道裂缝。

我产生了窥探这丝裂缝的好奇。于是阿喜应运而生。

阿喜似乎是为了消除无知而来到这个世界上的——她自己的无知，还有他人的无知。阿喜消除无知的路走得很辛苦，跌跌撞撞，腹背受敌。阿喜的敌人来自外边的世界，也来自她自己的世界，比如肤色，比如性别，比如年龄，比如社会常规。阿喜走进温哥华公立教育体制的大门时，所有的敌人从四面八方一起向她扑来。

阿喜对付这些敌人的手法，就是隐忍。我试图通过一系列的事件把阿喜推到隐忍的极限上：出生到十四岁从没见过父亲；五岁时母亲离弃她去了金山；十四岁时被祖母欺瞒着许给了瘸腿的阿久；漂洋过海来到金山，还未出嫁就成了寡妇……还有父母和整个唐人街的嫌弃，弟弟的捉弄，老师的另眼，洋同学的欺负，一段朦胧却突兀终结了的初恋……少女阿喜穿行在一件又一件需要隐忍的事件中。然而阿喜却像是一条极为柔韧的丝线，四面八方的力量可以把它扯得无限细薄，却永远无法彻底扯断它。在撕扯的过程中，那些力量感受到了比它们自己强大百倍的力量——一种刚强所无法穿越的柔韧。

然而描述阿喜的隐忍仅仅是我的手段而已，我的目的是想揭示隐忍之下的力量。力量来自阿喜对知识对爱情的渴求。这样的渴求使得阿喜的丝线在看起来最薄弱的时刻却产生了最意外的反弹，比如那声"我想读书"的呼喊，还有街面上那场和洋人同学的恶战。这些时刻成为阿喜生命暗河里罕见的光斑，隐隐昭示着河底汹涌的潜流。

阿喜的丝线在她阿爸的营垒和外边世界的营垒之间架起了一条窄桥，后来的人沿着这样一条窄桥开始互通，虽然走得战战兢兢，如履薄冰，却毕竟有了一条路。

我想写这样一种柔韧，也想写这样一种力量。更想借着一个载体，把阿喜这样在华侨历史上乍一看微不足道再一想举足轻重的小女人，推到大众视野的亮点里。

关于《死着》的一些闲话

　　和我从前的小说创作过程一样，《死着》也是灵感偶发之物。去年回国在上海逗留时，和复旦大学的几位学者一起吃了一顿饭。席间的话题从某位知名教授的去世，不知怎的就转到了非必要抢救上。一位朋友说起了一桩"欲死不能"的事件，我深受触动，《死着》的最初萌想，就是在那一刻发生的。

　　可是，《死着》的题材与以前的小说全然不同，它涉及了中国的当下。近年来我虽然频繁地回国，而且时常会待上一小阵子，可是我毕竟是过客，我的文化土壤是在东西方之间的那块边缘地带里，当下的中国题材对我来说是一个尴尬的挑战。《死着》的创作过程突然给了我一个从未有过的信念：局外人也是可以有看法的，局外人的看法和局内人具有平等的价值。

　　《死着》讲述的是一起车祸导致脑死亡的病人的抢救事件。出于各种原因，车祸中牵扯到的各方都不愿让这个人在年底以前死去，于是就动用了最先进的医学手段来维系着他的心脏搏动。

只要还有心跳，他就还能维持着身边许多人的利益，于是死就不再是他个人的事，死就成了很多人共谋的一件事。

灵感是昙花一现的美丽幻象，而小说创作却是要把每一个细节落到实处的枯燥过程。我面临的第一个困难就是对急救过程的一知半解。幸好我在北京和温州的几家医院的重症监护室里有几个熟人，在向他们讨教的过程里，有人提起了艾克膜技术——一种体外心肺循环支持系统。正好不久前我读到了柯文哲先生关于艾克膜（台湾地区称叶克膜）技术的一篇演讲。他在就任台北市长之前是台大医院的急救科医生，我对这个抢救方案立刻产生了兴趣。把这项先进而极为昂贵的急救技术应用在一个脑死亡病人身上，正好构成了小说所需的黑色幽默元素，也顺势造就了小说中"谁来承担费用"的矛盾冲突，使得刘医生在利益和良心之间的纠结变得合理。

创作过程里的另一困难是对公路交通管理法规、劳动法规和工伤事故赔偿法规的无知。调研有些枯燥费时，但相对简单，真正的挑战是把一则则法规移植在同一起案例上，使故事情节的推进既不至于出现太过明显的破绽，而又保持了适当的峰谷起伏。这是一个走平衡木的过程，令人提心吊胆，忐忑不安。

其实最大的纠结都还不是这些。一直到小说将近尾声，我还没有想好由谁来充当结束这场闹剧的"上帝"角色。盲女茶妹是天上掉下来的"神来之笔"，在我最初的设想里，她只是陆经理在妻子和逢场作戏的情人之间的一个缓冲物。在某一个电闪雷鸣的时刻，她突然从隐秘之地现身，朝我伸出手来大声说出主动请缨的意愿。惊诧之余，我开始觉得她其实就是我一直找寻的那个人选。一个盲女靠着直觉找到并且拔掉急救系统的电源，给小说增添了一丝神秘感。她是一片荒谬阴晦之中的唯一一丝光亮和温暖。故事里的明眼人都看不见隐藏在现象之下的真相脉络，唯一一个能参透真相的人却是医学意义上的瞎子。

一直到小说完成之后，名字依旧悬而未决。我原先想到的一个名字是《哈姆雷特》中最经典的一句台词："To Be or Not To Be."这个名字在英文里显得极为贴切，但中文的各种翻译，如"生存还是毁灭""活着还是死亡"，都无法传神地揭示小说的真正寓意。后来，在一次聚会中，我随意提起了这部已经完工却还在等待着上天赐名的小说，一位在一所加拿大大学任教的朋友突然说："为何不叫《死着》呢?"我不禁拍案叫绝。这个题目所指向的死亡不是一个瞬间的动作，而是一个时段模糊的过程——这正是我想通过小说所表述的深意。《死着》发表后，很多读者不约而同地联想到了余华的《活着》。虽然在起名的时候没有想到过《活着》，但把《死着》看成是对《活着》的一种致意，却是我内心的意外之喜。

《死着》是我的一次胆大妄为的尝试，希望读者朋友们会因着我的勇气而宽宥我在小说技巧和细节铺陈中的种种不足。生活太平庸，我们都需要一点小小的勇气，去蹚一次不熟悉的浑水，不是吗?

遗憾，补缺，还有感动

——《唐山大地震》创作谈

2006年7月末的一天，我在北京机场等候飞往多伦多的班机。班机因大雨推迟了一次又一次，在百无聊赖的等待中，我想起了机场里的一家书店。那天书店里人极多，冥冥之中似乎有一只手将我轻轻地拨过人流，让我一眼就看见了摆在高处的一本灰色封皮的书——《唐山大地震亲历记》，这才猛然想起那阵子正是唐山地震三十周年的纪念日。

坐在候机厅里，我开始读这本书。周遭的嘈杂渐渐离我而去，只觉得心开始一点点地坠沉下去，坠到那些已经泛黄的往事里去。

地震那年，我还处在懵懂的年岁，在温州一家工厂里做车床操作工人。北方的消息传到江南小城时，我也为之伤痛过，可那却是山高海远的伤痛，并无切肤的感觉。1976年的唐山离温州很远。

可是那天在北京机场，那本书三下两下抹去了三十年的时光和几千公里的距离，将一些往事直直地杵到了我眼前。我被击中了，我感觉到了痛。痛通常是我写作灵感萌动的预兆。

回到多伦多后，我动用了全部资源，查阅了钱钢的《唐山大地震》、张庆洲的《唐山警示录》，以及所有能收集到的关于那次大灾难的资料，并和居住在多伦多的地震亲历者们进行了多次交谈。我的眼睛如饥饿的鹰，在乱石一样的图片堆里搜寻着一些身体，一些带着某种猝不及防的神情被击倒的身体（如庞贝古城的遗迹）。可是没有，一个也没有。于是我和那段往事失去了直接的联系，我的想象力只能在一些文字构筑的狭小空间里艰难地匍匐。

在爬行的过程里，我远远望见了一些孩子，一些被称为地震孤儿的孩子。有一个男孩，在截肢手术醒来后，怯怯地请求护士为他那只不复存在的手臂挠痒。有一个女孩，领着她幼小的弟妹，踩着结了冰嘎啦作响的尸袋，寻找被迁葬的母亲的尸体。当然，还有那群坐在开往石家庄育红学校的火车车厢里的孩子。"坚强啊，坚强。"那些孩子被大人们一遍又一遍地鼓励劝说着，他们的眼泪在半是麻木半是羞愧中如同沙漠中的细泉似的干涸了。当载着他们的火车终于抵达为他们精心预备的校舍时，他们在老师和护工的拥抱之中走上了汇报演出的舞台。他们在雷鸣般的掌声中两眼干涸却面带笑容地高喊着盛行的口号，载歌载舞，而他们的校长却承受不了这样的笑颜，昏倒在舞台之下。

回忆到这里戛然而止，那些孩子后来再次出现在媒体上时，会被一些简单的句子所概括："成为某某企业的技术骨干……"

"以优异成绩考入某某大学……""建立了幸福的家庭……"

可是我偏偏不肯接受这样肤浅的安慰，我固执地认为一定还有一些东西，一些关于地震之后的"后来"，在岁月和人们善良的愿望中被过滤了。

我发觉我的灵感找到了一块可以歇脚的石头。孩子，和他们没有流出的眼泪。还有那些没有被深究的后来。

一旦我锁定了视点，王小灯作为我小说的中心人物便无比鲜活地朝我走来。我想，这个叫王小灯的女人若死在1976年7月28日，她就会定格在一个单纯快乐渴望上学的七岁女孩形象上。可是，她却活了下来。天灾把生存推入了极限，在这样的极限中，一个七岁的灵魂过早地看见了人生的狐狸尾巴。见识了真相之后的王小灯，再也没有能力去正常地拥有世上一切正常的感情。她那饱满地拥有过一切的童年，被一场地震突兀地震碎了。她纵然拾回了每一块碎片，她也无法重新拼组回来一个童年。她渴望再次拥有，可是地震只教会了她一种方式，那就是紧紧地攥住手心的一切：爱情、亲情、友情。可是她攥得越紧，就失去得越多。王小灯不是浴火重生的凤凰，而且现实世界里火和鸟并不存在着因果关系。天灾带给建筑物乃至地貌的摧毁和改变，终究会渐渐平复。而天灾在孩子们的心灵上留下的伤痕，也许会在时间的严密包裹之下，暗暗存留得更久，更久。

中篇小说《余震》，就是沿着这样一个思路展开的。这部一气呵成的小说，原发于2007年1月的《人民文学》。从那时至今，这中间又发生了几件重大的事情。

首先是2008年的5月，四川汶川发生了天崩地裂的特大地震。那阵子多伦多的电视节目里几乎天天都有让人心碎的画面，我和我的一些朋友都感觉患上了轻度抑郁症。又一群地震孤儿被推到了聚光灯下，庆幸的是这一次"心理辅导"的话题被许多人提了出来。人们开始意识到，地震在心灵上留下的余波，也许可以影响人的一生。

再者，《余震》问世之后，有数位知名的电影人不约而同地表示了将之改编为电影的兴趣。三十年后痛定思痛回首唐山，似乎是许多人的共同心愿。2010年这部小说被冯小刚导演改编成一部震撼人心的心灵灾难片《唐山大地震》。小说揭示了人被天灾逼到角落时的残酷，而电影则诠释了人性在灾难中的温馨和光辉。小说和电影互为陪衬地反映了大灾难面前人性的复杂多面。我错过了《唐山大地震》在国内的首映，却有幸见证了这部电影在多伦多国际电影节的公演，并在首映式上向多伦多的观众介绍了小说的创作过程。开演的两个小时前，购票的队伍已经络绎不绝地排过了一条长街。当时我很担心影片中一些典型的中国式观念和幽默会由于文化隔阂而丢失，可是那天的大剧场里几乎每个人都是红着眼睛离开的，大家的笑点似乎也非常合拍，这使我相信了有些民族的元素也可以成为国际的元素。

这几年里，我也陆陆续续收到了许多读者的反馈，几乎所有的人都认为小说《余震》的留白太多，大家都想知道除了小灯之外，万家幸存的其他人，是以何种姿态从废墟中站立起来的。《余震》是一部只有四万字的中篇小说，篇幅给我设立的边界使得我在内容取舍上不得不忍痛割爱，将王小灯独立地剥离出来，给了她多于旁人的聚光灯。这个遗憾，从小说收笔的那一刻便遗留下来了，这几年一直存在我心中，在某些夜深人静的时刻，如虫蚁似的啮咬着我，催促着我赶紧起身拿笔，尽力修补那些缺失。

于是，我的脑海里出现了一些其实早已存在了的身影：婚前的元妮，带着少女破碎的舞蹈之梦嫁入万家；对姐姐愧疚了一生的小达，高扬着他的空袖管行走在广州的夜空之下，立誓要在一层楼上写下他的名字；被作为小登替身的阿雅，在成为小达妻子的时候，浑然不知她的丈夫早已"被地震吃掉了心"；小灯的丈夫杨阳，在终于醒悟他面临的是穷尽一生的爱也无法抵御的强敌时，终于选择了黯然离去；被灾难夺走了爱妻的沃尔佛医生，用阳光瓦解着小灯身后巨大的阴影；已经完全融入西方文化的小苏西，以她独特的方式，反抗着天灾通过母亲延加到她身上的伤害——尽管她对此一无所知。哀怨和伤痛也许不能完全化解，但是希望它们至少可以找到和余生共处的一个相安之点。

终于，我把这些意象一一化为文字，就有了这部长篇小说《唐山大地震》。它基于中篇小说《余震》，却又大大超越了《余震》的篇幅和内容。《余震》是根，《唐山大地震》是从根里长出来的新枝新叶。但愿喜爱我的读者朋友们，能从这部小说里找到不同于《余震》的新感动。

在异乡书写故乡的故事

　　这一阵子文学圈里很热门的一个话题，是"中国故事"。刚听到这个说法的时候，心里有些惶惑。假如我能把"故事"的概念略微扩展开来的话，它可以被理解成是"文学"的一个至关紧要的组成部分。文学就其本质来说是不具形状、没有疆界的自由体，像风，像云，你很难给这样的物体冠以限定词，就像你很难给风和云穿上衣服戴上帽子一样。而"中国"，恰恰就是一个限定词。后来我才发觉，是我的狭隘关闭了许多理解的可能性。我狭隘地把"中国"一词定义为有形的国土和疆界，而忘了它同时也是一门语言、一种文化、一个传统、一串基因密码、一些与故土和童年相关的记忆、无数祖先留传给我们的还有我们的眼睛和心灵带领我们亲历过的历史……于是，理解的大门洞开，我找到了我自己关于"中国故事"的诠释。

　　1986年我怀着对外边世界的好奇，跟随自费留学的浩荡大军走出了国门，当时我最切实的计划，是如何在那片陌生的土地上找到我可以落脚的一尺之地。当然，在脚踏实地的生存计划背后，还掩藏着一个在当时看来几乎不着边际的梦想：我希望能尽快成为一名作家——我是指那种能在《收获》《人民文学》这一级别的文学期刊上发表作品的作家。这个梦想的最后实现，是在许多年之后。而在我登上越洋飞机的那一刻，我绝对没有想到：我这一走，竟然会错过中国整个风起云涌的三十年；我也没有想到，我将会在异乡源源不断地写出这么多关于故土的文字。

从我个人的创作经历来说，我的"中国故事"配方里一个必不可缺的元素，就是中国语言。我经受过七年正规的英美语言文学系统训练，用英文书写一个故事，应该不算是一件特别难的事。我曾经尝试过用英文改写一部已经用中文发表过的小说，最后发现改写过的成品是一个"四不像"的东西，原作小说的字句段落之间隐含的社会历史人文因素，在经过另一种语言的过滤之后几近完全丢失——除非我加上一千个注解，而频繁的注解是对阅读兴趣的无情肢解。而且我在母语中试图显示的具有个人特色的行文风格和情绪表述，在转换到另一个语种之后，突然变得笼统和苍白，意义虽在，特色尽失。我对语言向来挑剔，一直认为语言作为载体有时和被承载的内容一样重要。一个视角、一种观察、一种情绪，最重要的表述出口，是语言和文字。每一种语言本身都具备了与它赖以生存的文化土壤密切相关的机智幽默嘲讽隐喻双关，这些因素在另一种语言里失去了基于生存的根，变得刻板呆蔫，失去了由根而来的生命灵气。改写之后的英文小说显得平庸无趣，不伦不类。我这才意识到，特定的文化表述必须借助特定的语言工具，所以从那时起，我就放弃了用英文写作的尝试。

　　我的"中国故事"配方里的另一个重要元素，是人物。我在北美生活了三十年，并且做过十七年的听力康复师。我的工作为我打开了一扇观察北美社会的巨大窗户，使我得以很深地介入那个社会的生活构架之中。在我作为听力康复师的职业生涯中，我接触过无数个从两次世界大战以及后来的朝鲜战争、越南战争和中东战场上归来的退役军人，我也为许多从战乱地区逃到北美的难民做过听力康复。这些人亲历了战火带来的灾难以及骨肉分离的痛苦，他们使我对苦难的观察，有了一个新的维度，也使我对"疼痛"和"创伤"这一类的话题，有了全新的理解和认识。《劳燕》里，阿燕被战争带来的耻辱碾压成尘土，却在尘土一样的卑微中找寻到了一条生存之路；《余震》里，李元妮被灾难逼到墙角，必须在自己的亲生儿女之间做出残酷的生死抉择；《金山》里，方得法家族四代人为了生存，经历了大半个世纪的骨肉分离；《阵痛》里，勤奋嫂母女为了生命的延续，可以用匍匐的方式承受任何屈辱……这些人物的身上，体现了我的病人们所带给我的许多创作灵感和生命启示。但我却从未想到把某个参加过诺曼底登陆的二战老兵，某一对在逃难路上相遇相爱，却至今还为没能留下一张结婚照片而遗憾不已的阿富汗难民夫妻，或者某个在"沙漠风暴"中听力和心灵都受到创伤的年轻退役军人，塑造成我小说中的主人公，尽管我熟知他们的故事，叫得出他们家庭成员的名字。他们给我的感动是普世意义上的感动，但我无法把这些感动直接转化为我的人物，因为他们和我之间不具备相同的文化基因。我必须使用我的文化过滤器，将这些感动转化到和我分享同一种文化基因的中国人物身上去。文化基因是文化血液的承载物，与一个人的故土和少年记忆直接相关，很难在后天培育，所以我尽管成年之后在异国他乡生活了这么多年，我依旧无法创造出一个爱尔兰或者斯里兰卡移民家庭的故事，无论这些故事听起来有多么令人感动，因为一个作家无法跨越他的文化基因创作出他的人物和故事。

当然，在我的小说里也出现过外国人形象，比如《劳燕》中的牧师比利和美国大兵伊恩，《金山》里那个修筑太平洋铁路的白人工头亨德森先生，《交错的彼岸》里那个到中国来寻求理想精神家园的美国人汉弗雷，《邮购新娘》里那个收留无家可归的江涓涓的威尔逊牧师……他们都和我的中国主人公产生了深入的互动和交融，他们不是独立于中国社会人文环境的人物。我无法想象自己能创造出一个全然游离于我的中国元素之外的"跨基因"人物。

这些年里，我的写作一直是错位的：在一个英语国家里居住，我却用母语写作，我的发表渠道和读者群体与我的居住地遥隔千里；我一生都在逃离故土，我却在孜孜不倦地书写那个我一直都在逃离的地方；我明知道我已经失去了真正意义上的家园，我却在试图通过写作一次次地回归故里。我不需要专门去思考如何书写我的"中国故事"，因为它已经在我的血液里，在我的认知经验中，在我每一根观察世界的神经触须里，它牢牢地把守着我创作灵感的出口。我唯一需要认真对待的，是如何诚实地面对我的认知经验，在把它转换成文字的过程中，尽可能让它少受非文学因素的干扰和污染。

文学的驿站

在网络新媒介问世之前，文字的保存和流传方式是如此的简单和决绝：它只能通过印刷出版的程序而成为报纸杂志或者书籍。然而，灵感成为文字再成为出版物的过程，却是一个充满了歧路和玄机的过程，它可以在任何一个毫不起眼的路口突然进入豁然开朗的佳境，也可以在同样的路口拐进一条黑灯瞎火的死胡同。对有些人而言，这条路是一条"点字成金"的平坦之途，处女作即成名作，起点便是终点，几乎没有过程可言。而对另外一些人而言，这条路是一条艰难的蠕爬之路，中间充满了沟壑和陷阱，过程漫长得让人几乎忘记了最初出发时的目标。我想我就是那些在文学的沟壑中步履维艰的群体中的一员。

在经历了三十多年的困惑和挣扎，我终于成为向往已久的"作家"时，曾经有人问过我：到底是哪一件事，使你产生了写作的最初灵感？对于这样一个浅显而平实的问题，我常常无言以对，因为促使我走向写作之路的，不是一件事、一个人，而是一个朦胧的环境、一种同样朦胧的感觉。当我试图把这个环境这种感觉用文字记录下来时，它已经失去了起初模糊而复杂的毛边，变得清晰却肤浅了——文字可以使经历生辉，也可以使记忆失去层次和色彩。我们不得不感叹，面对人类的复杂叙述需求，文字有时竟然是如此的苍白无能。

我出生在杭州，但很小便跟随父母来到温州。那时的温州，是一个非常闭塞的小城，机场铁路长途汽车，都还是许多年之后的事。儿时的温州城与外边世界的唯一连接，是一汪叫瓯江的水域。在那些物质生活极为匮乏，缺乏玩具缺乏娱乐渠道的日子里，我用来打发时光的，就是两件事情：阅读和发呆。那时在我和朋友中间偷偷流传的，是少得可怜的几本旧书：《红楼梦》《水浒传》《聊斋志异》，还有一本手抄的《塔里的女人》。这几本小说的书页，已经在反复的阅读和流传中，磨起了脏厚的毛边，而书中有限的那几个故事，如西山一窑鬼、宋江杀惜、湘云醉卧花丛……也在我的柔软的少年记忆中镌刻下永不磨灭的痕迹。渐渐地，在别人的二手经验中，我感受到了讲述故事的快乐和惊心。

夏日里我会和长我五岁的哥哥，一同去瓯江边上呆坐，看着瓜农撑着长长的竹竿，把一船船的西瓜白兰瓜停靠在江岸。望着浑浊的涌动着烂菜叶和死鱼的瓯江水渐渐流向远方，混入不灰不蓝的天际，我心深处突然生出了一丝好奇：那水的尽头究竟是哪里？在那里生活的人，会和我有着什么样的相同和什么样的不同？大概就是少年时的阅读经历和对外边世界的向往，最终使我成了一个远离故土的作家——当然，那是后话。

我渐渐长大，一步一步地远离了家乡，也一步一步地把懵懂的写作向往，落实到具体而艰难的行动之中。在漫长的写作过程里，我遭遇了一些事、一些人。这些事这些人，都在我的生命中留下了这样或那样的印记。有些印记肤浅而模糊，在岁月流沙的无情磨蚀中很快就消失了。而有的印记却像刀刻斧凿那样地清明隽永，在年华的流逝中超然存留。《收获》大约就是其中之一。

　　1995年，我结束了长达十年的留学生涯和实习经历，成为一名拥有美国、加拿大两国行业执照的专业听力康复师。我终于卸下了千斤重担，开始捡拾我的作家梦想。那年，我完成了一部名叫《寻》的中篇小说。这部小说写的是一个留学多年终于学业有成的男子回国寻偶的故事。我把这部用今天的标准看来难免有幼稚之嫌的作品，用航空信的方式，寄给了上海的《收获》杂志社。寄出之后，我几乎没有任何的忐忑不安。在此之前，我咨询过一位已经在海外写作多年的资深作家，他告诉我《收获》这个级别的文学期刊，几乎不接受任何自由来稿，尤其是像我这样完全无名，又没有名家推荐的作者。我对《收获》不抱奢望，而且已经在考虑给另外一家名气较小的省级期刊转投这部小说。

　　就在三个星期之后的某一个深夜，我被一阵尖锐而怪异的电话铃声惊醒，过了半晌才醒悟过来，那是家中办公室里的传真机。我起身查看，发现传真竟然来自《收获》，是一位叫李国燨的人写的，通知我《收获》即将刊登我的小说《寻》。那时一封从多伦多寄往上海的信，行程就需要两个星期，而《收获》以如此快捷的速度，回应一个毫无名气的新作者的自由投稿，我当时的震惊和喜悦不言而喻。

从那以后的每一个新年，我都会收到一份从李国煣那里送过来的传真，带着浓郁男性特质的遒劲字体里，传输着温馨美好的新年祝愿，也夹带着一个来年赐稿的请求。在很后来的日子里，我才知道那个写得一手好字的"他"，原来是巴老的侄女，和《收获》的主编李小林原是本家。

　　后来李国煣退休，一个叫王彪的人，替代她成为我的责编。我家楼下的传真机长久地沉默了——因为它的历史作用已经完成，电子邮件成了我和《收获》之间更为便捷的联系纽带。王彪秉承了李国煣的细致和效率，对我的每一封邮件几乎都会做出极为迅速、基本不超过二十四小时的回复——无论是关于小说还是其他。

　　我开始在《收获》上频频露脸，从那时迄今一共发表了八部中篇小说、一部长篇小说。几乎每一部都被转载，并进入各式年度精选本。我的小说在走向《收获》的途中行程各异，有的几乎一字未改就见了刊，有的则经过了反复改动，甚至逐字逐句的精修，才得以面世。而这些精修的建议，有时来自责编，有时来自主编李小林。

　　我和《收获》的大部分工作人员都见过面，并和李小林、肖元敏、李国煣一起吃过饭。那是一顿几个女人一台戏的午饭，我终于把靠文字和声音激起的联想，落实到一张张具体的脸上。奇怪的是，那天的饭桌上，居然没有一张脸让我产生惊讶和震撼——文字和声音的联想，竟与她们的真人严丝合缝地相吻合。精致、优雅、严谨、认真，那是我能想得起来的符合她们个性的几个形容词。

《收获》杂志社里真正让我惊讶的人，不在这些人里。有一年，我回国探亲路经上海，顺道去《收获》杂志社探访。那天主编李小林没在，接待我的是副主编肖元敏。办公室里坐着一个我不认识的人，肖元敏介绍说他是副主编程永新（现任《收获》主编）。后来元敏有事离开办公室，把我和程永新扔在了初识的尴尬之中。我久闻程永新的大名，有些兴奋，急于与他对话。他在看稿，只用眼角的余光和我对视，使用的是极为简洁的几个语气助词。我企图挑起话题的尝试以彻底的失败告终——我很快落荒而逃。

　　后来在华语文学传媒大奖颁奖典礼上，我再次见到了程永新。那天我喝了一些酒，他喝了很多酒，彼此的机智相撞在一个极为合宜的点上，话题像花儿一样开放。他的醉态如孩童般天真可爱，睿智显露无遗。那次的再遇使我明白了一件事：酒真是个好东西啊，它叫人真相毕露，它让我终于知道了一个截然不同的程永新——原来他和他的杂志一样具有真性情。

　　从1995年在《收获》上初次露面到今天，二十多年过去了，《收获》一直是我文学的驿站，为我点着一盏灯，摆放着一张凳子和一杯热茶，陪伴着我行走在从丑小鸭到天鹅的漫长途程中。道路依旧崎岖，我依旧还在暗箭和荆棘之上行走。我最终能否看到路的尽头，能否真正蜕变成一只天鹅，已经不再重要。重要的是，我已经在路上发出了独属于我的鸣叫。而《收获》，则忠实地记录下了这些足迹和叫声。

　　每当我身边一些有志于文学创作的年轻朋友抱怨国内文坛的混乱无序和期刊的势利时，我总会轻轻一笑，说一声"不见得"。

我知道也许没人相信这句话，可是我信。这三个字很重，承载了一群热爱文字的人对一个无名作者的知遇，和一个辛苦耕耘的作家对一本知名杂志的敬重。

一个夏天的故事

　　"时空交错"是对我近年创作特色的标签性描述。这个标签曾让我沾沾自喜过，然而这一两年我在它的覆盖下开始感觉窒息。我蠢蠢欲动地想尝试挣破这个标签对我的束缚，把我的"蜗牛触角"伸到一些不那么"交错"的区域。这个想法在2012年的夏天终于落实在一部名叫《夏天》的中篇小说上。在这部小说里，时间定格在20世纪70年代初的一个夏天。空间也是定格的——全部的故事发生在我故乡温州的一个居民院落里。这是一个没有任何洋味的纯粹中国故事。

　　《夏天》的灵感来自一段深刻的童年回忆。在我家那条叫"县前头"的小街上，生活着一对引人注目的男女。男人是一个二三十岁的年轻人，健壮的体格使得身上那件海魂衫波澜起伏惊心动魄。女人是一个四五十岁模样的中年妇女，白皙瘦弱但腰背挺直，浑身上下一尘不染地洁净着。他们走在一起时，像母子，像姐弟，可是他们偏偏是夫妻。那时"文革"最喧闹的阶段已经过去，尽管整个社会机制依旧是一张绷得紧紧的网，这一对男女却在细密的网眼之中找到了栖身之地。我曾像五一那样坐在家门前的石阶上，好奇地看着他们在地上摊开一张蓝色的塑料布，一起做蜂窝煤饼。她加水，他和煤粉。我也看过他们在井边洗衣服，他打水，她搓衣，她的头发在脖颈上一跳一跳地抖动着。在童年的记忆中，她的颈子出奇地长，天鹅似的扛起了落在上面的所有质疑和鄙夷的眼光。没有人知道他们的底细，但是人群自动隔离了他们，他们也自动隔离了人群。他们极少和邻居搭话，他们自己也很少说话。他们感受得到整个世界的潜在敌意，但是他们置若罔闻与世无争地活着。

这个女人就是《夏天》里胡蝶的原型。当然，《夏天》里发生在胡蝶身上的事，并没有发生在真人身上。可是它们是那个年代的标签性事件，我只是用小说家的手，和泥巴似的把它们堆在了胡蝶和她的男人身上。

这个故事若不是借着一个七岁女孩的视角来讲述，语调里难免就有了"批评"的意向。七岁的眼睛不懂得评判，它只有好奇。而正是这样的好奇，扼杀了一个叫五一的孩子的童真。五一在进城的第一个夏天里就丢失了童年——这就是这个表面温情的故事里的那个残酷内核。在西方文学批评的词语里，这类小说叫"initiation story"，汉语里我们把它叫作成长的故事，其实都大同小异。

隐忍和匍匐的力量

——《阵痛》创作手记

　　我外婆一生有过十一次孕育经历，最后存活的子女有十人，这在那个儿童存活率极低的年代里几乎可以视为奇迹。作为老大的母亲和作为老么的小姨之间年龄相差将近二十岁。也就是说，在外婆作为女人的整个生育期里，她的子宫和乳房几乎没有过闲置的时候。外婆的身体在过度的使用中迅速折旧，从我记事起，她就已经是一个长年卧床极少出门的病人了，尽管那时她才五十出头。易于消化的米糊，从不离身的胃托（一种抵抗胃下垂的布带式装置）和劣质香烟（通常是小姨一支两支地从街头小店买的），成了外婆在我童年记忆中留下的最深刻烙印。

　　外婆生养儿女的过程里，经历了许多战乱灾荒，还有与此相伴而来的多次举家搬迁。外公长年在外，即使在家，也大多专注于自己的工作，家事几乎全然落在了外婆和一个长住家中的表姑婆身上。作为她的外孙女和一名小说家，我隔着几十年的时空距离回望外婆的一生，我隐隐看见一个柔弱的妇人，日复一日年复一年地用匍匐爬行的姿势，在天塌地陷的乱世里默默爬出一条路。

也许这几年甚为时髦的基因记忆一说的确有一些依据，我外婆的六个女儿似乎多多少少秉承了她们母亲身上的坚忍。她们生于乱世，也长于乱世——当然，她们出生和成长的乱世是不同的乱世。她们被命运之手霸道地从故土推搡到他乡，在难以想象的困境里孕育她们的儿女。

母亲家族的那些坚忍而勇敢的女性，充盈着我一生写作灵感的源流。在我那些江南题材的小说里，她们如一颗颗生命力无比旺盛的种子，在一些土壤不那么厚实的地方，不可抑制地冒出星星点点的芽叶。她们无所不在，然而她们却从未在我的小说里占据过一整个人物。我把她们的精神气血，东一鳞西一爪地捏合在我的虚构人物里。《阵痛》里当然也有她们的影子，然而那些发生在女主人公身上的故事，大多并未真正发生在她们身上。她们是催促我出发的最初感动，然而我一旦上了路，脚就自行选择了适宜自己的节奏和方向。走到目的地回首一望，我才知道我已经走了一条并不是她们送我时走的路，因为我的视野在沿途已经承受了许多别的女人的引领。上官吟春、孙小桃、月桂婶、赵梦痕，她们是我认识的和见闻过的女人们的综合体，她们都是真实的，而她们也都是虚构的。这些女人生活在各样的乱世里，乱世的天很矮，把她们的生存空间压得很低很窄，她们只能用一种姿势来维持她们赖以存活的呼吸，那就是匍匐，而她们唯一熟稔的一种反抗形式是隐忍。在乱世中死了很容易，活着却很艰难。乱世里的男人是铁，女人却是水。男人绕不过乱世的沟沟坎坎，女人却能把身子挤成一丝细流，穿过最狭窄的缝隙。所以男人都死了，活下来的是女人。

在《阵痛》里，前两代的女人身上有一个惊人的相似之处——她们生来就是母亲。她们只会用一种方式来表达她们对男人的爱，那就是哺乳。上官吟春只懂得用裸露的胸脯抚慰被爱和恨撕扯成碎片的大先生，孙小桃只知道用牙缝里省下的钱来喂养被理想烧成了灰烬的黄文灿。然而故事延续到第三代的时候，却突然出现了一些意外的转折。在我的最初构思里，宋武生应该是与外婆母亲同类的女人，她依旧会沿袭基因记忆，掏空自己的青春热情来供养她的艺术家男友。可是笔写到了这一程，却死活不肯听从我的指点，它自行其是地将武生引领到了一个全然不同的方向。武生摒弃了那条已经被她的外婆和母亲踩得熟实的路，拒绝成为任何人的母亲——那个任何人里也包括她自己的孩子。这个颠覆多少有点私心的嫌疑，因为我已经被上官吟春和孙小桃的沉重命运钳制得几近窒息，而宋武生终于在压得低低的天空上划开了一条缝，于是才有了一丝风。当然，宋武生没能走得很远，最终把她拉扯回我的叙事框架的，依旧还是母性——只是她和我都没有意识到它的存在而已。

动笔写《阵痛》的时候，我当然最先想到的是女人。但我不仅仅只想到了女人。女人的痛不见得是世道的痛，而世道的痛却一定是女人的痛。世道是手，女人是手里的线。女人掌控不了世道，而世道却掌控得了女人。我无法仅仅去描述线的走向而不涉及那只捏着线的手，于是就有了那些天塌地陷的事件。女人在灾难的废墟上，从昨日走到今日，从故土走到他乡，却始终没能走出世道这只手的掌控。

　　书写《阵痛》时最大的难题是男人——这是一个让我忐忑不安缺乏自信的领域。他们给我的最初灵感是模糊而缺乏形状的，我想把他们写成一团团颜色不清边缘模糊的浮云，环绕着女人的身体穿行，却极少能穿入女人的灵魂。从动笔到完工，他们始终保持着这个状态，而我的女主人公在从孕育到诞生的过程中，形象和姿势已经有过了多次反复。在《阵痛》里，几乎所有的男人都心怀着不同程度的社会正义感，期待着介入世界并影响世界，有的是用他们的社会理想，比如大先生宋志成和黄文灿；有的是用他的专业知识，比如杜克。他们看女人的同时也在看着世界，结果他们看哪样都心不在焉。女人在危急之中伸手去抓男人，却发觉男人只有一只手——男人的另外一只手正陷在世界的泥淖中。一只手的力量远远不够，女人在一次又一次的重复经验中体会到了她们靠不上男人，她们只能依靠自己，于是男人的缺席就成了危难时刻的常态。唯一的例外是那个没读过多少书的供销员仇阿宝。这个离我的认知经验很遥远的男人，不知为何却离我的灵感很近，我一伸手就抓住了，形象清晰至胡须和毛孔的细节。他也介入世界，可是他介入世界的动机是渺小的，搬不上台面的——他仅仅是为了泄私愤。他本该是个无知自私猥琐的市井之辈，可是他的真实却成就了他的救赎。这样一个浑身都是毛病的男人却在女人伸出手来的那一刻，毫不犹豫地搭上了自己的性命。与他相比，那些饱读诗书的男人突然显得如此苍白无力。在《阵痛》里出现过的所有男人中，仇阿宝是唯一让我产生痛快淋漓感觉的人。对于不太擅长描述男性的我来说，这种感觉从前不太多，将来也不一定还会有。

《阵痛》里的三代女人，生在三个乱世，又在三个乱世里生下她们的女儿。男人是她们的痛，世道也是她们的痛，可是她们一生所有的疼痛叠加起来，也抵不过在天塌地陷的灾祸中孤独临产的疼痛。男人想管，却管不了；世道想管，也管不了。不是男人和世道无情，只是他们都有各自的痛。女人不仅独自孕育孩子，女人也独自孕育着希望，她们总是希冀她们的孩子会生活在太平盛世，又在太平盛世里生下她们自己的孩子。可是女人的希望一次又一次地落了空，因为每一个时代都有自己的乱世，每一个乱世里总有不顾一切要出生的孩子，正应了英国18世纪著名的英雄体诗人亚历山大·蒲柏（Alexander Pope）的名言："希望在心头永恒悸动：人类从来不曾，却始终希冀蒙福。"（"Hope springs eternal in the human breast: Man never is, but always to be blessed."）

《阵痛》是一本写得很艰难的书，不是因为灵感，而是因为时间和地点上的散碎。这是一本在三大洲的四个城市里零零碎碎地完成的书稿，如今回想起来，我觉得这个辗转的写作过程兴许是上帝赐予我的一段特殊生命历程，让我有机会结识了一些平素也许视而不见的朋友。他们凭着单纯的对文学的尊重和热爱，在安排住宿和考察地点以及许多生活琐事上给予了我具体而温馨的关照。在此感谢我的朋友季卫娟，你的友情使我坚信阳光的真正颜色，即使在阴雨连绵的日子里。感谢温州的白衣天使全小珍女士，由于你，我才得以有机会观察婴孩诞生的复杂而奇妙的过程，你丰富的接生经验使我的叙述有了筋骨。感谢居住在多伦多的艺术家赵大鹏先生，你对20世纪60年代艺术院校生活的详细描述，极大地充实了我认知经验里的空白区。感谢我的表妹洪恺，这些年无论是在阴霾还是阳光灿烂的日子里，你一直用那两只片刻不停地操劳着的手和那双带着永恒的月牙状微笑的眼睛，照拂着我的身体和心灵的种种需要，在遥远的地方为我点亮一盏亲情的灯。尤其感谢我的家人——你永不疲倦地做着我的肩膀、我的手帕，尽管我可以给你的总是那样的少。你从未在我的书里出现过，可是每个字里却似乎都留有你的指纹。

谨将此书献给我的母亲，我母亲的故乡苍南藻溪，还有我的故乡温州——我指的是在高速公路和摩天大楼尚未盖过青石板路面时的那个温州，你们是我灵感的源头和驿站。

一股穿越穷山恶石的水
——《向北方》创作谈

近年来写了一系列南方题材，内容大多与我的故乡浙南相关，比如《江南篇》《花事了》《玉莲》《邮购新娘》《雁过藻溪》等。《向北方》是我懒散的写作生涯中的一个转折点，从这里开始，我也许会暂时离别江南故土的山水，走入异乡的广漠地界。

久居加拿大，曾自认为对这个地广人稀的国家有着一些比浮光掠影的游客略微深刻点的了解。直到去年秋天的一次旅行，才发现自己对加拿大的印象其实还限制在与美国毗连的那一片狭长的发达地区上。那次我去一个靠近北极圈的印第安部落生活了几天，结识了一群信奉"最高深的科技也需要精神来承载"（even the best technology needs a spirit to carry it）的人。他们使我模糊地意识到加拿大国歌中唱到的真正北方（True North）精神，大约是有着这样一些内容的：勇敢、坚韧、奉献、容忍、忠诚。那次旅行触动了我肤浅的生活表皮之下的一些部位，让我生出一些介于痛和痒之间的感觉来。

于是，一个故事就沿着北方的地貌渐渐地凸现出来。

雪儿达娃的诞生其实源于我对故土的偏爱。我情不自禁地把这个本来与中国毫无关联的故事，拿过来安放在我的同胞头上，大约是一种肥水不落外人田的小农意识在作祟。好在我早已习惯了把人物、场景在大洋两岸搬来挪去——据说那是我的专长。

最初的时候我只是把达娃设想成一根锈迹斑斑的钢条，险恶的环境也许能加重它的锈斑，却不能使它弯曲。在书写的过程里，我的思路不知在哪一刻脱离了我的控制，完稿时达娃已经是一股水了。当然不是那种在清丽的江南小溪里幽雅自在地流动着的水，而是一股困在穷山恶石之中，冒着完全干涸的危险也要杀出一条血路的水。那股水的唯一动力，就是挟带着一条伤痕累累的小鱼（儿子尼尔），突出重围。世界上最顽强的东西，其实莫过于水了。它可以伸缩俯就改道，它可以在铁石中间生生凿出一条窄路来，只要有足够的时间和耐心。

当我纵容着自己的灵感时，我时常忘记了达娃的性别。达娃背负着多重的山，记忆和儿子是其中的两座。达娃的所有生活内容都被这样的重荷简化成一个周而复始的爬行动作。爬行对达娃来说已经成为生存的唯一表现形式。经历了三次婚姻之后，达娃遭遇了陈中越，可是他们并没有如人们所愿的那样进入男女激情的故事框架。即使有欲望潜伏在他们中间，那也只是漫漫长夜里将尽的篝火之下的一两点火星。他们只是在那个陌生寒冷险恶的生存环境里，渐渐发现了彼此身上与大都市的生活方式格格不入的一种特质，这种特质使他们惺惺相惜。我找不到一个确切的词语来解释这种特质，只好笼统而模糊地把它叫作"北方精神"。

　　不是每一部小说都让我激动。《向北方》的写作过程使我体验了燃烧和颤簌。为此，我感谢那个给了我灵感的名叫乌吉布唯的印第安民族。我暗暗希冀那些模糊的"北方精神"，能深深地藏在独属于我们自己的那个角落——深到财富和欲望都无法探及。

平实人生的平实状态

　　去国离乡多年，打电话回家，话题隔几年一变。近几年的话题常常是围绕着保姆的。父母渐入老迈多病之年，保姆已经从可有可无的权宜之计变为必不可少的家政计划。父亲患老年痴呆症，神志时常在清醒和糊涂的灰色地带里浮游。家里是母亲当家。母亲最大的抱怨是关于保姆的。城里的保姆手脚倒是灵巧的，只是对主人家中的电器化程度和住房条件都要求颇高。乡下来的保姆愚笨一些，可是适应城里生活的过程却通常只需要三两个月。一旦进入城里人的生活模式，便把城里人的恶习学得比城里人还地道。所谓的假洋鬼子比真鬼子还鬼，说的就是这个道理。

　　母亲家中的保姆一年里要换几轮，母亲常常陷于两轮保姆之间的真空地带。远在多伦多的我，隔着一条千里万里的电话线，除了着急，实在也无能为力。如此三番地，保姆就成了我的一块心病。多年的保姆情结渐渐在我心中沉积起来，终于在某一天里让我意识到了它的重量，于是就有了《空巢》。

和我以往的几部中篇小说相比，《空巢》实在不算是一部激情四溅的作品。从题材上来说，以往的《羊》《雁过藻溪》和手头正在完稿的《向北方》，都多多少少地涉及了一些传奇的内容。叙述语言上，那几部作品都有些精巧伶俐之处。结构上的复杂和工于心计也是一目了然的。而在写《空巢》的过程中，我向来遵奉的"语不惊人死不休"的从文原则突然远远地离我而去，我被遗弃在一片毫无文采的真空状态。这种状态是在我近十年的创作中从未经历过的。情节的无奇、结构的简单和语言的平淡，使我开始怀疑自己是否江郎才尽。完稿后再从头到尾地读过，却又有了一些新的感受。《空巢》从文到质都呈现了一种平和的淡暗的光色，其实正符合了平实人生的一种平实状态。描述这种状态的最合适的载体，就是一种激情和技巧都缺席的平实语言架构。

　　《空巢》写到了鸟，写到了巢，也写到了保姆。但《空巢》真正的关注点不在鸟，不在巢，更不在保姆。《空巢》其实是关于孤独这种感觉的。孤独如空气遍布生活的每一个角落。李延安用结束呼吸的方式结束了孤独。何淳安和何田田父女在诸多的事情上看法迥异，却在对付孤独的办法上异曲同工——他们都用结党的方式抵抗了孤独。《空巢》里没有一个人相信爱情，他们只相信同仇敌忾的私密同盟。何淳安和赵春枝虽然各有所图，他们结成的同盟或许比那种没有任何企图的所谓"纯真爱情"更为持久和巩固。这样的同盟会使爱情暗淡无光，爱情的高调在日常生活中被唱成了卡拉OK式的荒腔走板。其实人生大抵应当如此，超越生活的想法难免有些矫情。

　　如此想过，心就踏实了，少了一份忐忑。

通往玉壶的路

　　玉壶地处浙江南部，曾归温州市瑞安县（现在的瑞安市）管辖，后又归属文成县。玉壶很小，即使在绘制得最为精细的中国地图上，你也不会找到关于它的任何标注。对绝大部分人来说，它是一个陌生的地名。即使像我这样一个几乎可以用"地地道道"来形容的温州人，我也从未意识到它的存在——直到近年。在我极其有限的地理和行政建制知识结构里，我至今也没明白它到底该称为乡，还是镇，抑或是村。

　　通往玉壶的路程是兵分两路的，我的脑子是一路，我的脚是另一路，而我的脑子是先于我的脚抵达那里的。在几本由参与过秘密援华使命的美国退役海军军官书写的回忆录中，我偶然发现了玉壶的名字。我的心在那一瞬间停跳了几秒钟，我的震惊几乎无法用语言来描述。我完全没想到那个离温州市区只有一百三十公里，当年闭塞到几乎与世隔绝的地方，曾经和那场惨烈的抗战有过如此密切的联系——它是中美特种技术合作所第八训练营的所在地。我说的那个"当年"，是指七十多年前。"七十年是个什么概念？对一只采蜜季节的工蜂来说，是五百六十多辈子；对一头犁田的水牛来说，可能是三生——假若它没有被过早屠宰的话；对一个人来说，几乎是整整一世；而在历史书籍里，大概只是几个段落。"（《劳燕》）七十年后的今天，中美合作所在抗战中所起的作用，终于在扑朔迷离的史料的覆盖之下以理性和客观的姿势渐渐凸显——当然，这是另外一个话题。七十多年前，那个恪守着千年传统秩序，按着比时间慢半拍的节奏劳作着的村落，竟然遭受过美国生活方式的突兀震荡。这样的震荡到底会留下什么样的痕迹？我，不，我是说我的脑子，就是在那时迈出了前往玉壶的第一步。我开始在类似的史料中摸索着通往玉壶的路，慢慢地勾勒着玉壶山水田地民居民情的轮廓。随着时间的推移，这些轮廓渐渐清晰起来，等候着我的脚来印证，抑或说，颠覆。

就在我发现玉壶这个名字的第二年，在一个阳光很好的初春早晨，我的脚终于尾随着我的脑子踏上了玉壶的土地。引领我的是一群关爱抗战老兵志愿队的队员，他们为我详尽地安排了一天的行程。那一带零散地居住着一些抗战老兵，都已年逾九十，大多生活贫寒，对自身的经历噤若寒蝉，有些子女甚至丝毫不知晓自己的父亲曾经浴血沙场。志愿队的义工们常年跋山涉水，在被历史遗忘了的角落千辛万苦地寻找着这些人，倾倒着自己的时间、精力、腰包和情感，做着一些本该是另外一些人做的事，同时也在清减着本不该由他们担负的沉重良心。

我的朋友们事先安排了三位当年中美合作所训练营的老学员

和我见面。我们在老兵的家中做客，坐在硬木板凳上喝茶聊天。在头顶垂挂下来的旧衣服、半空拉着的旧电线、屋角堆放的杂乱物件的重重包围之中，我尽可能地将自己的体积缩小，为同行的人留出空间。过道很窄，光线灰暗，围观的人把空气挤得很紧。我们的对话在断断续续地艰难地进行着，负疚和羞耻使得我有些口吃和呼吸不畅——捅开结了痂的创口摄取我所需的小说灵感，我觉得我的行径无异于市井盗贼。

　　谈话在越来越多的围观者的注视之下失去了私密性，我发现我的专注度在渐渐流失。幸好，午餐的时间到了。简单的午餐之后，我们一行朝训练营旧址出发。就在我们准备离开餐馆时，一位老兵从口袋里掏出一张折叠得很平整的百元纸币——显然是一早就准备好了的，塞给做东的当地政府官员，算是午餐的费用。这位老兵家境极为贫寒，没有儿女，和久病的老妻相依为命，靠一小片瓯柑树林所结出的果实为生。他掏出钱来的时候，姿势挺直得几乎像在敬礼，目光中有一丝理所当然的执拗，让我无法不联想起七十年前他所在的部队的军纪——一个人年轻时所经历的严苛模塑，是可以被漫长的时间拉扯成行为惯性的。当然，没有人会接受那张被他捏出汗来的纸币。

　　通往旧址的山路和大多数江南农村的山路相似，弯弯曲曲的泥土小径，混杂着几级上下坡时派上用场的长条石板。我的脚步不由自主地放得很轻，因为我害怕碾碎七十年前遗留的脚印。那会是些什么样的脚印？美国教官的军靴？中国士兵的布鞋？乡村农人的草鞋？放牛娃子的赤脚？抑或是从驼峰航线运送过来的军犬的爪印？据说这里的孩子至今还能在路边捡拾到七十年前打靶训练时飞落的子弹壳。记忆有生命，能活过一代又一代人。记忆也有神经，记忆能感受到疼。所以，那天我的脚不敢放肆。

这一带的建筑物和所有中国城乡的建筑物一样，在近几十年里都遭受了无数轮的拆、改、建，早已面目全非。旧式平房和院落在渐渐消失，取代它们的是一些铺着马赛克和灰泥面的矮楼。训练营的部分旧址还在，包括传闻中的美国教官宿舍（如今已无法确证），以及由一块省文物保护石碑所确定的中国学员宿舍。传说中的美国教官宿舍是一座两层的砖楼——在当年，它肯定只是平房，正面和侧面、底层和二层之间的不同砖质昭彰地显示着年代的断层。沿着后加的水泥板楼梯走入加盖的二层楼房，狭窄的走廊两边是相挨得很近的小房间。那排房间肯定没有见识过战争，只有底层老房墙面上已经开始风化的旧砖和砖缝之间顺着水迹蔓延生出的青苔，说不定在当年见过那几个也许叫约翰也许叫比尔也许叫史蒂夫的美国年轻人。楼很空，我没遇见任何人，只有栏杆上搭着的一条脏兮兮的被子，暗示着这里可能还住着人。

中国学员宿舍的旧址也经过了拆改，但大体原貌还在。岁月像风，看不见，看得见的只是风走过之后留下的痕迹。这座嘉庆年间建造的，当年在这一方当属首屈一指的深宅大院，如今很是老旧颓败了。三位老人都是第一次重回故地。其实，这三位老人中有一位也是第一次与他的战友们重聚，尽管他们的居住地相隔不远。当年的训练营都是就近招生，以避免方言造成的沟通阻隔。咫尺竟然演绎为天涯，现在是年事已高不爱走动的原因，而在先前却是因为惊魂未定的心境。我注意到了他们并没有询问这些年里彼此的境遇。也许是伤痛的记忆具有强悍的惯性，也许是当年铁一般的军纪在三分之二个世纪之后依旧顽强地把守着他们的情绪之门，在跨过那道记录着他们铁血青春的院门时，他们的脸上没有任何表情。那一刻，失态的是我。风抚过我的脸颊时我隐隐感觉到刺痒，拿手一抹，才醒悟那是泪水。

他们终于跨过那道门槛，站到了院中。"那个常来这里的小姑娘阿红，不知现在怎么样了？"片刻的沉默之后，一位老人说。有样东西在我的心中搅动了一下——那是作家的好奇心。这个"阿红"是谁？他们的洗衣女？干杂活的小帮手？买菜送货的邻家女？她的到来曾经给这群由于承担秘密使命而几乎与世隔绝的年轻男人带来过什么样的光亮和色彩？她如今还健在吗？她后来的命运如何？

那天我并没有找到答案。后来也没有。我只是惊诧七十年堆积的厚实尘土，刨下去的第一个缺口竟然不是关于硝烟战场和死亡，而是关于一个年轻女子的。我想起了多年前一部电影的名字："战争让女人走开"。其实，世上没有什么东西能让女人走开。灾难不能，病痛不能，战争也不能，因为女人是住在男人心里的。只要男人活着，男人还有心，女人是永远无法真正离开的。

在那个摊晒着咸菜萝卜条，堆满了柴捆杂物的院落里，三位老人的感官触角慢慢地打开了，开始穿透陌生物件的重重遮掩，丝丝缕缕地探寻着熟悉的旧迹。这是那个池塘吗？怎么这么小了？那是全体集合开饭的道坦①吗？那条楼梯还是老的吧，踩上

①道坦，温州方言，院子里的空地。

去怎么有这么大的响声？那是我们打通铺的大房间吧？开队务会的那间屋子在哪里？……我听见他们在彼此询问探讨着，试图证实或推翻他人的猜测。此时的记忆里已经有了质地和纹理。

听见响动，院子里的居民纷纷从屋里走出来。一个上了年纪却依旧面色红润声如洪钟的男人冲出来，激动地拉住了一位老兵的手："我记得，你们。我阿爸是给你们烧火煮饭的伙夫。那年我七岁。"他语无伦次地说。时光的轮子咔嚓一声停住了步子，一个七岁孩童的面容，在三位老人的目光中浮现出朦胧的轮廓。他们纹丝不动的脸上裂开了一条缝，有东西从里边丝丝地渗出——那是情绪的蛛丝马迹，我看见他们的皱纹松了。

从那个大院走出来，我们一行又探访了一位当年美国教官的帮厨、一名接受过美国军医的乳腺肿瘤切除手术的妇人、几个美国教官住处附近的旧邻舍——他们如今都已是耄耋老人。每个人都有独属于自己的记忆，有的重合，有的相近，有的相互矛盾，却无一例外地生动。那天我的笔录既丰富多彩又杂乱无章，像漫天的飞尘。但我并不担忧。我知道假以时日，假以几段完整而放松的睡眠，这些飞尘将会逐渐落地，堆积成一些当时我尚无法预见的形状。

和三位老人告别，已经是傍晚时分。太阳跟随了我们一天，已经渐渐显出倦意。老人们的脚步缓慢而坚实，穿着军绿色棉背心的背影有些佝偻，却依稀能看出支撑着身体的那根骨头。背心是志愿队的义工们赠送给他们的礼物，上面印着的"抗战老兵，民族脊梁"的字眼，随着他们身体的动作，在山野的余晖中忽高忽低地晃动。

就这样，我的脑子和脚兵分两路，经过许多迂回辗转，终于在那个风和日丽的春日会合于玉壶。那两支各自为政的队伍，在玉壶的乡野中发生了惊天动地的碰撞。那场碰撞到底留下了什么样的内伤，我身陷其间无从鉴别，大概只能在《劳燕》中寻找端倪。

　　从玉壶归来，我就开始了《劳燕》的书写。与通往玉壶的路程相比，灵感通往键盘的路程要便捷顺畅得多，因为玉壶的途程已经积攒了充裕的营养，灵感是一驾粮草富足的马车，行起路来专注而有力气。

猫语，抑或人语？

——《都市猫语》创作谈

 《都市猫语》是我近年里一系列探险举动中的一个部分。在我二十年的写作生涯中，我一直在有意识地回避两种题材——关乎自身的和关乎当下的，因为我觉得这是两样我一直看不清楚的事情。我以往的大部分小说题材，都是从时间线上横着切下一个长截面，从历史一路延伸到现今。我很少竖着下刀，取出一个当下断面。但这种状况在这两三年里起了一些微妙的变化。

 几年前我辞去了听力康复师的职位，从朝九晚五的职场退身，变成了一个自由人。随着我在国内逗留时间的增多，我有更多机会深入当下生活，"过客"心态虽依旧还在，却已渐渐减弱，我开始有勇气颤颤巍巍地迈出脚来，在当下题材的泥潭里试步。《都市猫语》是继《死着》《心想事成》之后的又一部书写当下中国现状的小说。虽然都可大致归类在都市小说里，但与以上两部不同的是，《都市猫语》引进了一个"非人"的观察和叙述媒介——两只跟随着主人公在都市里讨生活的猫，老黄和小黑。

在我的童年和少年记忆中，家里一直养着猫。我出国之后，家里也曾长时间地养过一只叫妞妞的白猫。她在七岁时离开了我们，她的离去曾让我异常悲伤。我与猫的多年接触，使我对猫类动物的肢体动作、生活习性、交流习惯有了很深的了解，我总觉得在每一只猫的身体里都潜藏着一颗人心，当然是迷你型的。每一个在猫看来也许并无多大意义的举动，都有可能被我用人类视角赋予它意味深长的蕴意。

在写作《都市猫语》时，猫是先于人进入我的构思的。猫从一开始就占据了我思绪的中心位置，而茂盛、小芬以及他们之间发生的事，则都是我拿来围绕着老黄和小黑摆置的道具。我赋予了这两只性别体形具有巨大差别的猫以各样神奇的功能，使它们能够在狭小的居住空间中准确地闻出各自主人的不安、躁动，以及佯装成各样负气行为的试探。它们用猫的语言化解着卑微中求生存的人在相撞中必然结下的猜忌和抗拒，它们用动物靠直觉建立的情感嘲弄着人忸怩作态的假惺惺。在人的世界里，被父亲勒令不惜一切代价挣钱为弟弟换肾的赵小芬，实在没有多少理由能吸引住多少还算洁身自好的叶茂盛，而猫却成了我唯一可以拿来使唤的工具——老黄和小黑令人动容的难舍难分，使得人的相依和怜悯变得合情合理。从每一个经过的男人身上掰下每一个可能的铜板，本来是小芬都市生活的唯一目的，但是却出现了一个例外，那就是茂盛。小芬完全可以用她那个沾过无数男人的胴体，来从茂盛手里换取房租，可是她没有。不是因为爱，而是因为善——她不愿他对女人的记忆是以这样的方式开头的。茂盛在得知真相后，完全可以拒绝小芬的再次来访，他也没有。也是因为善，却又不完全是因为善。还有一些更为复杂的东西，我始终无法找到准确的词语来形容。当小芬隔着安检门递给茂盛那件绣着玫瑰花的内裤时，我已经很难分清联结这对年轻男女的是否仅仅只是旺盛的荷尔蒙。

　　除了猫，我实在想不出还有哪一样东西，能更方便地被我拿来诠释都市的寡情。或者说，都市的多情。

一个人的许多声音

——杂忆《邮购新娘》创作过程

正如我在《邮购新娘》的后记中提到的，写这本书的最初冲动，源自一次非常偶然的阅读经历。那是一个懒散的春日下午，在超市等待付款的无聊间隙里，我顺手抓过一份当天的报纸，于极其不经意之间看见了一则书讯。书是一位身居北欧的女教师写的，记载着她曾祖父一百多年前到中国传教办学的经历。节选的篇幅里提到了一个被她曾祖父放过脚并收为学生的女孩子。那个没有名字的女孩子躺在几行字构成的简陋空间里，面目含糊，毫无个性地失落在历史和现实的夹缝里。灵感的到来事先并无预兆。就是在那一刻，我突然萌生出一种要把她从厚重的历史积尘里清洗出来的强烈欲望。在几经周折变故之后，终于有了《邮购新娘》一书。

最初的写作欲望是强烈简明直了的，可是在书写真正开始的时候，我听到了许多杂音——来自自身的声音。这些声音时强时弱，相互纠缠盘诘不休，将我的思路撕扯成不成形状的散片。这是我以前的创作经历中尚未出现过的现象，使我心惊肉跳，神情涣散。这些声音中最为强烈霸道的，后来终于抢过话语权，借着书中一些人物的口，说出了想说的话。可是那些微弱一些的声音，也并没有罢休的意思。它们潜伏在一些没有话语的场景里，借着风借着雨借着街景借着一切可以用来制造暗示的静物动物来表达着自己的满腹委屈。还有一些最弱的完全被压制了的声音，它们失去了发言权，甚至不具备暗示的勇气和资格。可是它们也没有消失。在小说完成两年之后的今天，它们仍然阴魂不散地出现在我流失了睡意的晚上和似醒未醒间的混沌黎明中。

《邮购新娘》如同是一个长大成人的孩子，已经离开我的呵护，在鱼龙混杂的书市上独自游走了两年。隔着一汪大洋和两个春秋的时空，那些杂乱无章的声音渐渐地凸显出一些模糊的秩序。于是，我凭着记忆尽可能真实地记录了其中的一些片段。在另类已成为时尚的当今，这样的记录也勉强算是对一个作家的另类"采访"吧。

在这篇采访里，我把我的许多声音取名为"一个我"，"另一个我"，"又一个我"，"再一个我"，等等。这些"我"是我的许多个侧面，像是我身上的一撮头发，一片睫毛，一根指头。分散开来时，它们都是我又都不是我。但它们的总和可以大致地代表处在写作状态时的我。所有的这些"我"在发表意见时都喜欢用"你"来称呼那个总体的合成的我。

一个我：

看完那篇关于北欧传教士的报道之后，你就决定给那个面目模糊的女孩起名叫路得——路得是《圣经·旧约》里的一个贤德女子。在你最初的设想里，路得是你写作舞台里的唯一前景，所有其他人物和故事都只是为路得做陪衬的中景和背景。可是你凭什么中途变卦，把路得推到了一个与人平分秋色的暧昧地位？

另一个我：

近年来的投稿经历告诉你，这种与现代人生活脱节的历史题材是很难得到青睐的。渴望青睐是所有写作人的私心，尤其像你这样尚在无名和成名之间的尴尬地带徘徊的人。你的一线私心一旦膨胀起来，就毫无原则地遮掩了最初的创作冲动和意图。于是历史从前景被推入背景，一个现代的隔洋相亲故事渐渐长成了枝干，江涓涓和林颉民成了最粗最大的那条主干，而路得只能是枝干上的一片叶子了。

又一个我：

（从高处俯视着所有的我，叹息）文人的轻贱可见一斑。

一个我：

在你开始写《邮购新娘》的时候，你正好也在看张爱玲的英文版书。你看到了下面一段文字，那是她在1943年写的一篇英文散文，描写了一个中国人家庭在梅雨季节之后的晒霉场景：

Come and see the Chinese family on the day when the clothes handed down for generations are given their annual sunning! The dust that has settled over the strife and strain of lives lived long ago is shaken out and set dancing in the yellow sun. If ever memory has a smell, it is the scent of camphor, sweet and cosy like remembered happiness, sweet and forlorn like forgotten sorrow.

你被这样优雅流畅的英文震惊，也怅然若失——你在复旦和卡尔加利大学的英文熏陶，至少让你知道了什么是好英文。你暗想你本来也可以写出这样的英文的。你就是在那天萌动了一丝用英文写作的想法的。在使用英文还是中文来书写《邮购新娘》这个问题上，你犹豫了很久。为什么那个英文冲动最终没有化为现实呢？

另一个我：

是呀，你把这个想法在脑子里筛了很多遍，再回头看张爱玲的英文，你突然就觉得她的句子太长，从句太多。其实，她是可以再简练一些，活泼一些的。这时你才隐隐觉察了你对自己英文能力的一些狂妄自信。

又一个我：

别那么矫情了，其实你一直都觉得自己是可以写出一部看得过去的英文小说的。写中文小说的中国人比比皆是，你不过是偶尔泛上来的一片浮藻，风轻轻一吹就消失了。可是用英文写作的中国人却寥寥无几，而且几乎个个都不同程度地浮在了水面。你在英文的语境里生活了那么多年，你很了解那个圈子里喜欢读什么东西。你还打算在那个浩瀚无边的汉语海洋里无声无息地漫游多久呢？

一个我（作沉思状，突然激动起来）：

张爱玲的英文书写是典型的牛津风格，虽然典雅流畅，却是彻头彻尾的中规中矩。她擅长在她的英文世界里优雅美丽地摆动着她的绣花手绢，可是她能在那里撒丫子野吗？你也一样。你的英文再漂亮，也只能用来讲故事。你能用英文写出"月亮很大，像存久了的旧报纸似的泛着黄边"①这样的场景吗？你能用英文写出塔米②嘴里吐出的碎珠落玉盘似的半真半假的疯话情话吗？你要是只满足于规规矩矩地讲一个故事，你就用英文写书好了。可是你如果还想在你的故事里无章无法地撒欢撒野，你除了中文别无选择。

另一个我：

你不想放弃你的听力康复师（clinical audiologist）职业，你把那张得之不易的北美行业执照看得挺金贵。你剩下的这点业余时间，再大卸八块，还有多少可以任你在写作上挥霍？你想好了，到底要怎样花费你那点少得可怜的时间？做最尽兴的事，用汉语一直写下去，极有可能永远不会被人所知？还是做次喜欢的事，用英文写作，也许还有星点机会成名？

（所有的我都静默了下来，感觉到了空气的重量。许久，"一个我"才打破了沉默。）

---

① 《邮购新娘》里的场景。
② 塔米，《邮购新娘》里的人物。

一个我：

其实，除了宝贝你那张破执照，你也还心疼那份收入。如果你选择专业写作，尤其是用汉语写作，你恐怕永远也达不到你现在的这个收入水平。别人不知道，我还是知根知底地了解你的，别跟我打马虎眼。

另一个我：

这是事实。不过，业余写作也是你喜欢的一种状态。你多次说过你把你的专业工作看成走路的脚，而把写作看成飞翔的翅膀。一个人不能永久地行走，这样身子就难免疲乏。一个人也不能长久地飞，这样心就太孤单。业余写作，也就是"搁置在边上"的写作，使你可以进入有时行走有时飞翔的生活状态。所以，你选择了"搁置在边上"的写作。

又一个我：

是呀，作家面临的两大陷阱，就是过于贫穷或过于富裕。如果过于贫穷，要单单依靠写作谋生存，难免要去写一些自己并不情愿写的东西；如果太富足，又可能对人对事失去敏锐的同情心，感觉变得迟钝，丢失了写作的初衷和锐气。

再一个我（一直沉默地聆听，此时忍无可忍）：

闭嘴，你们要再唱这样的高调，那些靠写作为生的还不撕烂你们的嘴！不要文过饰非了，其实，你要保持你业余写作的状态，是为了有一个冠冕堂皇的退路。哪天你灵感枯竭，进入冥思苦想江郎才尽的境地，你可以故作轻松地说：我不过是个业余作家，姐姐我决定不写了——谁也无话可说。

（所有的我都被说中了心事，脸色讪讪，赶紧都换了话题。）

一个我：

其实不止一个人说过你的文风像张爱玲——当然是指汉语写作，尤其是指描写心理和场景的部分。你对这样的评价又爱又恨。你在《邮购新娘》里，有时想彻底摆脱这样的联想，有时又想把这种联想牵扯到极致。你到底想好了要怎么设置你的语言陷阱？

另一个我：

身居山中的人是无法看到山的，因为山挡住了山。你本人对自己风格的任何评价其实都是某种意义上的人云亦云。张爱玲是你喜爱的一个作家，然而即使你再喜欢她，也不想成为另一个版本的她。你对人生的观望角度大概要比张爱玲略微和暖宽恕一些。若把你们两人的小说比作国画，她的基调是石青，你的基调是赭石。你成不了她，她也成不了你。所以，你还是安心地做回你自己，甭让别人的三言两语搅得你不知斤两。

又一个我：

其实你一直在尝试着做你自己。你努力摆脱时下读者和评论界对海外华文文学的一种固定期待模式，你试图用一种较为古旧的语言来叙述一些其实很现代的故事，用最地道的中国小说手法来描述一些非常西方的故事。你的阴谋是想用一张古色古香的中国彩纸，来包装一瓶新酿的洋酒。你希望借此营造一种距离感，不让自己陷入时尚的烂泥淖中。

一个我：

你从第一部长篇小说《望月》开始，到后来的《交错的彼岸》，都把故事放在横贯两大洲纵深一世纪的故事框架里。现在你构思《邮购新娘》，使用的也是同样的构架。这样的重复，你嫌不嫌累啊？

另一个我：

你不累，你乐此不疲。你觉得一个人和一个人的故事像是一棵树，独自站立的时候，自然也是一种景致。但假若有了森林作背景，树便有了之所以成为树的理直气壮。森林就是树的历史。你认为没有历史的故事难免有些没有根基的虚慌和缺乏底气。再说，你是个喋喋不休的任性妇人，一旦你进入某种叙述心境，没有人能让你闭嘴。你写不好短篇，你只有找到一个硕大的叙述空间，才能让你把袖子尽情地舞起来，才能让你的脚始终踩在边界内。

再一个我（有些犹豫）：

可是，你已经写了这么多时空交错的玩意儿，你为什么总选择这一类的题材？

一个我（有些委屈）：

你什么时候选择过题材？都是题材选了你的。《望月》里的望月、踏青、卷帘，《交错的彼岸》里的蕙宁、萱宁、飞云，还有《邮购新娘》里的路得、筱丹凤、江涓涓、竹影，都是哭着喊着扑过来找你的。你有时候身心倦怠，想休息片刻。可是她们如初夏的柳絮飘进你白天黑夜的思绪中间，甚至闯进你的梦境之中。她们黏着在你感觉之中，你根本无法将她们一一剔除干净。你刚写完了一个，另一个就迫不及待地挤上来，抱住你的腿死死不放，你怎么也推不走。你只好听从了她们的呼唤，被她们驾驭着如老牛车似的奔命。你根本没有选择。

另一个我：

可是你毕竟写过那么多了。路得、竹影、江涓涓和前面那些也在大洋两岸奔走的人，到底有什么不同？

再一个我：

这点我看出来了。《望月》和《交错的彼岸》中的主人公，还在他乡和故乡之间困惑挣扎，苦苦寻求世间的理想家园。而《邮购新娘》中的人物却呈现了一种知命的无奈。他们虽然依旧在大洋两岸走来走去，但走动的目的更多的是逃避。人对生存环境的突变而产生的控诉情绪，在《望月》中是随处可见、泛滥成灾的，在《交错的彼岸》中就已渐渐淡去，而在《邮购新娘》

中，便薄近似无了。乡愁的痕迹越来越少了——这在一定程度上反映了你渐渐远离校园和留学生涯，丢失在主流社会的汪洋里的生活轨迹。

一个我：

似乎现在的流行小说或者是某些"家"的小说已经不太流连于场景和服饰的细节描绘，而你却津津乐道。你在《邮购新娘》开卷的那个引子里，关于多伦多那条亚德莱的描写，就是一间一间咖啡馆、一家一家酒店地写过去，一泻千里，也不知道要收一收。这年头谁有耐心读这样的细节？你不怕丢失你的读者吗？

另一个我：

谁说"家"们不注重细节？王安忆的《长恨歌》，卷首几十页几万字都在细致入微地描述上海的一条小弄堂——她可是中国文坛的大姐大。国画流派中，有人擅长工笔，有人钟情写意，也有人愿意兼工带写。小说也一样。尽管好细节不一定导致好小说，但好小说注定离不开好细节。至于细节是否流行，那是另外一回事——你已经幸运地度过了追星的年龄，并且没有留下明显的疤痕。

再一个我（急急地插进来）：

要说我真是烦你的高调——唱得甚至比真的还要真实。其实我知道你也是害怕失去读者失去市场的，有时你比别人更怕。你只不过是管不住自己而已，就像酒徒管不住酒杯，赌徒管不住骰子一样。

再再一个我（息事宁人地）：

好了好了，我们能不能理性地探讨问题，避免使用情绪性的语言？

（所有的我都点头同意。）

一个我：

你在构想《邮购新娘》的时候，计划是铺张而庞大的。你写了差不多一个世纪的故事，有绍兴戏班的兴衰，有美国传教士在江南传教办学的经历，有反右"文革"的人生沉浮，也有隔洋跨海的邮购婚姻。除了跨洋的那一段你多少有些熟悉的生活底子，其他部分你其实是不熟悉甚至是无知的。你能把握那些你从未经历过的题材吗？

另一个我：

那又怎么样？莫言经历过"我奶奶"的红高粱地吗？王安忆也没当过"上海小姐"。再伟大的作家，也不可能亲身经历世上所有发生的事件，他只能在特定的场合里借助于想象力。想象力是瞬间即逝，可遇不可求的。你无法把握，只能守株待兔。

再一个我：

你还算幸运，多少是等到了。在书写《邮购新娘》的过程中，你经历了搬家、手术、家人生病等烦心的事，你的长篇写作被一次又一次的意外事件打成细碎的散片。可是每一次你重新坐下来的时候，筱丹凤、竹影、江涓涓、方雪花就立即朝你拥来，仿佛你从来也没有和她们分开过。比较明显的漏洞是成篇之后，整体结构上似乎有些松散，枝节也有些繁多——那都是没能一气呵成的缘故。

再再一个我：

在你书写《邮购新娘》的过程中，你一再回忆起有人对你以前作品的议论。有几个多伦多的朋友在公开和私下的场合里多次说过，都期待着你写出移民中的成功者的故事，他们说那才是移民中最具有代表性的群体，那是一批经历过死亡又重新复活的幸存者。你的江涓涓、薛东们依旧不是成功者的故事。你不怕让这些人失望吗？

一个我（非常确定地）：

不怕。《邮购新娘》讲的不是一个故事，而是一串故事。故事里有一个跨洋结婚的女孩，她的作用其实更像是一扇门，经过她那里，就引出许多有那么点小意思的故事来。那些故事里的人物有一些小小的成功，也有一些小小的失败，但故事却不是关于成功或失败的，而是关于人性的。你只写人，成功和失败只是人的标签。标签之下的人性并无多大差别。你喜欢看热闹，爱细细观赏你的人物走来走去的过程和姿势。至于他们最终走到哪里，是否找到好去处，你却又没有多大兴趣了。美华文学评论家陈瑞琳曾说过你是个白日梦型的作家，你的思维方式松散自由，呈流散形。成功者这样实在的题材，在某种程度上钳制了你的想象力，你还是把它交给纪实文学去处理为好。你更愿意写些在成功和失败的宽阔地带里发生的半真半幻的故事。

另一个我：

从《望月》到《交错的彼岸》，再到这部《邮购新娘》，你都毫无例外地描写了爱情的多样性。但无论是大红大火、绚烂张扬，还是曲折幽婉、缠绵悱恻，它们的结局似乎都归于凄楚。为什么你的男女主人公在爱情的追求上都那么孱弱无力？

又一个我：

因为这种状态比较接近生活的本质。你的人物都是些思想超前、行为落后的窝囊废，他们对一切事物的追求都是孱弱无力的。他们其实是和周遭环境格格不入的人，是英语文学里叫作misfit的那类人。他们一旦从你的笔下诞生，就如长大了的孩子，决绝地离你而去。你看着他们自行其是地在爱情的绝路上悲悲喜喜踉踉跄跄地行走，明知道他们要在现实的厚墙面前撞得头破血流，却无可奈何。完美是虚假的同义词，残缺才是爱情的本来面目。谅你也没有创新的水平，你最多只是还原生活的本来面目。

一个我：

有的评论家在谈到你的文学作品时，总会讲到你的温州人身份。在你看来，中国典型的地域文化，比如贾平凹的商州、莫言的高密乡，是否真有这么大的影响力？你在读英美文学著作时，也常常遭遇一些典型的地域书写，如福克纳的美国南方、斯坦贝克的加州。你在开始你的小说创作时，如在长篇处女作《望月》里，温州只是幽暗的炭火，星星点点地隐晦地闪现在错综复杂的情节之中。可是在后来的作品里，如《交错的彼岸》《花事了》等，地域的特点才渐渐地凸现出来。在开始创作这部《邮购新娘》的时候，你似乎举棋不定，不知是想把地域特色发挥得更为尽致，还是干脆将地域特色完全隐去，变成一部背景模糊的小说。

另一个我：

你的这种犹豫我很理解。人们评论你的小说时常常提到你的温州背景，你有时觉得他们的潜台词是："那个曾用纸做过皮鞋的城市，能出个什么气候的作家？温州人是天生做生意的，但这个叫张翎的怪人却写起了小说。"我一直觉得你对故乡的感情是复杂暧昧甚至有些心理障碍的。你不知道要在你的笔下表现这个城市的哪些东西。有时你觉得这个城市和你无比亲近，近得常在你的血液里翻来搅去兴风作浪。有时你又觉得它特别遥远，遥远得与你几乎全然不相干。

再一个我：

作为历史的那个温州城和那条名叫瓯江的河流，给了你硕大的想象空间。你的家族几代人从平阳乡下渐渐迁移到城里的经历，在你笔下是人类择水而居过程的一个缩影。你在温州这样一个不大不小的城市里度过整个童年少年乃至部分青春岁月，使你对外边的世界有着一种一知半解的好奇——所有的探险最初似乎都是从好奇衍生出来的。小城的出身使你在谦卑和低下、善良和愚昧、睿智和狡猾、好奇和轻狂之间小心翼翼地走着碎步。这种碎步留下的痕迹就是小说。这就是你和故城亲近的缘由——它是你的一个部分，你不能说斩就斩了。斩断了它你就四肢不全了。

又一个我：

可是作为现在的温州，似乎和你没有多大的关联。几乎没有人关注文学，很多人，包括你的熟人，都不知道你在写作。即使知道，也只微微一笑，轻轻地"哦"一声，仿佛在用巨大的耐心承受着你的无知无能。有一年回去探亲，乘着酒兴，你斗胆说起文学，一桌酒酣耳热的人中，竟无一个知道贾平凹为何人。那天你走在车水马龙灯红酒绿的闹市街区，与那个生养你的城市突然有了一种两不相干的轻松。就像你不必为温州的纸皮鞋负责一样，温州也不必为你的写作负责——这就是你和它疏远的缘由。

又又一个我：

但是在你动笔写《邮购新娘》的时候，你完全管不了你自己。三代不同姓氏的女人，挣扎着从那些铺着青石板的小路走过来。你无法不写那样熟悉的背景，除却了那样的背景你脑子里一片空白。你落笔的时候甚至清晰地看见了那些已经埋葬在水泥大楼之下的蜘蛛网一样细密的小街，和路面上鹅卵石的颜色走向。

这些印象是你记忆大筒仓里埋在最底里的部分，现在和将来的生活内容，永远无法和那样的初始印象相抗衡。你书里的女人们不能跳过你从别的地方走出来，她们只能从温州出来。

又又又一个我：

你记忆里的那个叫温州的城市其实并不是现在出现在中国地图册上的那个城市，它们不过是同名而已。现在叫温州的那个城市，你只是和它隔绝着。其实中间隔的，不过是一条青石板路。窄窄的，看得见，却走不过去。

（许多个我开始泪光莹莹。）

一个我：

时下诸多的海外小说，都会自觉不自觉地把主题放置在文化对照的框架里。你一直固执地拒绝进入文化比较的时髦框架。这是为什么？

另一个我：

时段很大程度上决定了你的写作模式。你出国十年，有了稳定的物质环境之后才开始比较认真地写作，那时你已经比较安全地度过了文化适应期。留洋最初的那些奇峰突起的新鲜感受，都已经被十几年的异地生活磨蚀尽了。你不是不想对照，而是没得对照了。

再一个我：

可是这部《邮购新娘》，江涓涓从这岸嫁到那岸的事实本身，就决定了这是一个对照的话题。你可以对那个叫多伦多的大都市感觉平淡，可是刚刚过埠的新娘江涓涓，注定是抱了一怀的新鲜感受的，你怎么才能避免对照？

又一个我：

文化对照是一个概念，故事岂可建立在一个概念上？那不成了另一种隐晦一些的主题先行？若真有对照，那也应该是别人通过故事得出的印象，与你最初的创作意图不应有任何关联。你的小说其实是地地道道的中国小说，过去现在将来都是，而不是什么半洋半中的对照小说，只不过你把某些场景挪移在了西方而已。

再一个我：

强词夺理！你的小说里多次出现了金发碧眼的洋人，比如《望月》中的牙口，《交错的彼岸》中的彼得和麦考利警长，《邮购新娘》中的保罗和约翰，你竟敢说它们是地地道道的中国小说？

再再一个我（面皮紫涨，拍案而起）：

胡说！那些洋人洋在皮毛上，骨子里甚至比中国人更中国化。人类的许多精神特质都是共同的，所以你更关注超越种族文化、肤色、地域概念的人类共性。《邮购新娘》里的约翰和路得、保罗和涓涓的故事，是纯粹的人和人之间的故事，而不是什么外国人和中国人之间的故事。

（诸多的我面面相觑，无话。过了许久，一个我才嗫嚅地开口。）

一个我：

你说它们是中国小说就是中国小说吧，也不值得为这个动肝火。只是，《邮购新娘》的结尾，无论从中国小说还是外国小说的角度来看，都是有点，那个，太那个了吧。

另一个我：

别遮遮掩掩的，有什么不敢说的？我来说吧。你让你的人物走了千山万水，心力交瘁，到头来江涓涓居然还会对情敌塔米喊出了"希望，（你的孩子）就叫希望"。张爱玲式的虚无与决绝，竟被你这样肤浅的理想主义所取代。你不仅让我遗憾，也让我疑惑。

再一个我：

这时的涓涓，满身都是经过粗粝的磨损之后留下的伤疤。可是你的愤怒在哪里？你的无奈在哪里？这样的结尾，简直像从急流险滩里冲下来，落到一床软绵绵的丝绵被上。没劲，实在是没劲。

（很多个我都纷乱地嚷着"没劲，没劲"，却因采访篇幅已到，她们的声音在此被突兀地掐断了。）

也说《雁过藻溪》

　　藻溪是地名，也是一条河流的名字，在浙江省苍南县境内。藻溪是我母亲出生长大的地方，那里有她童年、少年乃至青春时期的许多印迹，那里埋葬着她的爷爷奶奶、父亲母亲、伯父伯母，还有许多她叫得出和叫不出名字的亲戚。藻溪附近有一个地方叫矾山，那里有一个出名的矾矿。早些年没有公路，矾山出产的明矾石必须通过藻溪的驿道水道，运往北国和南洋。一条由明矾而生的山路成就了藻溪当年的繁荣，也成就了我父母亲的婚姻，当然，也间接成就了我的生命。

　　藻溪发生的一切故事，对我来说都是史前的。我尚未记事时就随父母来到温州，一直在那里居住到上大学为止。在我二十九岁以前，我从未到过藻溪。我对藻溪的最初印象，来自我父母在家讲的那种节奏很快、音节很短、音量很大的方言。他们告诉我那是藻溪矾山一带的方言。我读书的小学校里有很多地、市委机关的干部子弟，我的同班同学中有地委书记和市委秘书长的女儿，我曾为父母在同学面前用那样的方言交谈而暗自羞愧过。后来母亲带我去身为明矾石研究专家和全国人大代表的外公家里做客，常常会看见一些藻溪来的乡人，带着各样土产干货，坐在我外婆的病榻前和我外婆说话。到城里找工作，看病，借钱——常常是这一类的事情。外公和他已经成年的子女年复一年尽心尽力地为乡人帮着这样那样的忙，而我外婆和一位长住在她家的表姑婆则用方言和乡人们说着一些她们熟悉的人和事，在叙述的过程中，脸上便渐渐浮现出一种迷茫柔和而快乐的神情。

当我长大成人远离故土，长久地生活在他乡时，我才明白，其实我的外婆和表姑婆，一直到死也没有真正适应在城市的生活。她们的身体早就来到了城市，可是她们的心却长久地留在了藻溪。如果把她们的一生比作树的话，她们不过是被生硬地移植过来的残干断枝，浮浮地落在城市的表土之上，而她们的根，却长久地留在了藻溪。当然，儿时的我是不会懂得这些的。儿时的我穿戴得干干净净的，懒洋洋地倚在外公家的门框上，以一个城市孩子惯有的居高临下的目光，挑剔地看着乡人们沾着尘土的裤腿和被劣质纸烟熏得发黄的手指，暗暗庆幸自己没有出生在那个叫藻溪的地方。

我和藻溪第一次真正的对视，发生在1986年初夏。那是在即将踏上遥远的留学旅程之时，遵照母亲的吩咐我回了一趟她的老家，为两年前去世的外婆扫墓。这是我平生第一次回到母亲的出生地。同去的亲戚领我去了一个破旧不堪的院落，对我说：这原来是你外公家族的宅院，后来成为粮食仓库，又被一场大火烧毁，只剩下这个门。我走上台阶，站在那扇很有几分岁月痕迹的铁门前，用指甲抠着门上的油漆。斑驳之处，隐隐露出几层不同的颜色。每一层颜色，大约都是一个年代。每一个年代大约都有一个故事。我发现我开始有了好奇。

那是个风和日丽的日子，天蓝得几乎让人心酸，树和水的颜色都非常明丽，藻溪在阳光底下闪烁如金线。我那个后来成为温州城里赫赫有名的大人物的外公，原来是在这么一条小溪边出生的。择水而居大约是人类的天性。外公的父母辈在藻溪生下了外公。外公长大了，心野了起来，就沿着藻溪往北走，走过了许多地方之后，在一条叫瓯江的江边停了下来，于是母亲和她的弟妹们就相继在温州城里居住了下来。于是，我也跟随着父母在瓯江边上生活成长。后来我长大了，我的心也野了，想去看外边的世界。溪不是我的边界。江不是。海也不是。我的边界已经到了太平洋。

那次我还去了外公家族的祖坟。除了外婆，墓地里其他人的碑文对我来说几乎是完全陌生的。唯一的印象是那些没有名字的女人，或是正妻，或是填房，或是侧室，以一个××氏的符号，毫无特点地掩埋在一代又一代的岁月积尘里。

那个夏日的下午，我的心被这个叫藻溪的地方温柔地牵动起来。我突然明白，人和土地之间也是有血缘关系的，这种关系就叫作根。这种关系与时间无关，与距离无关，与一个人的知识学养阅历也无关。纵使遥隔数十年和几个大洲，只要想起，便倏然相通。只是那时我并不知道，那个夏天藻溪带给我的那些粗浅感动，要经过十几载的漫长沉淀，才会慢慢地浮现在我的文字里。

一个叫藻溪的地方。一些陌生的墓碑。一段在土改年月里成就的姻缘。这就是我在开始书写《雁过藻溪》时对藻溪的全部认识。这些印象是鲜活却零乱的，似乎无法组成一个延续到今天的故事。于是我想到了一个载体，一个可以把过去、现在、未来联结起来的人物，在他（她）身上我可以把那些零散的印象聚集成一条意向明确的线。构思的过程犹如布置圣诞树，各样的饰物原本是零乱没有主题的，然而一旦把它们一一挂在一棵青葱的树上，主题突然就呼之欲出了。

这棵树就是末雁。

末雁是我在加拿大生活中常常见到的知识女性。在有些方面，她们具有非凡的聪明睿智，完全能独当一面，而在另外一些方面却异常地天真无知无能。她们久不回国，思维方式由于多年时空的隔绝还基本停留在20世纪80年代的那个模式里。她们对中国的设想也还停留在那个时期的印象上。末雁的藻溪之行是一个发现自我的旅程。在五十岁的年纪一程一程地回到人生的起点上，她发现的不仅仅是一个关于自己身世的硕大秘密，她其实也经历了错失在青春岁月的成熟过程。在那个叫藻溪的狭小世界里，她遭遇了她的大世界里所不曾遭遇过的东西，比如欲望，比如亲情，比如真相。震惊过后，猛一睁眼，她才真正长大了——尽管迟了三十年。

《雁过藻溪》的写作过程是一种惊心动魄的奔泻，中间完全没有阻隔，仿佛我和那里的每一滴水每一块石头都有无法言说的默契和熟稔，尽管我只不过在那里度过了半天的时光，而且那半天和今天已经遥隔了将近二十年。可是我半生积累的对那方土地的所有理性和非理性的感动，已经发酵到足够承载着我的灵感在纸笔无限广袤的空间里横冲直撞地飞翔了。

《雁过藻溪》是一个完全虚构的故事，同时也是一个完全写实的故事。虚构是因为故事的情节和人物并没有基于一件或几件很具体的人和事，尽管一系列的人和事给了我许多东鳞西爪的灵感。真实是因为承载这个故事的所有情绪，都是与那个叫藻溪的地方切切实实地相关着的。

《雁过藻溪》发表后，引起了一些关注，在海内和海外。今年早些时候，加拿大约克大学和西安大略大学的东亚系都曾经邀请我去朗读过小说的一些片段。不久后，约克大学的徐学清教授转来了一封电子邮件，是来自一个叫刘荣锴的陌生人。后来才知道，这个叫刘荣锴的人，是我在藻溪的一位表亲。他祖上的一位曾姨婆，嫁给了我的曾外公。我惊奇地发现，我和我的这位表弟，共同居住在多伦多多年，彼此一无所知，却因着一部与藻溪有关的小说，在茫茫人海里得以相认。于是，多伦多漫长的冬天因着一些共同的话题和记忆而变得温馨起来。

《雁过藻溪》最早是作为一个四五万字的中篇小说在《十月》杂志上发表的。后来在一次回国的旅途中，我和北京出版界的一位朋友见了一面。那时我刚刚从藻溪回来——那是我相隔二十年之后的故地重游。我给这位朋友看了几张在藻溪拍的民居旧迹照片。她被那些照片里厚重的历史痕迹打动，建议我把《雁过藻溪》改写成一个长篇，附上一些藻溪的旧照片。我自己也觉得作为中篇的篇幅限制了许多刚刚触及却还来不及展开的话题，比如末雁和越明的婚姻，以及诗人百川的感情经历等。于是几个月后，就有了这本图文交杂难以简单归类的书。它是对同名中篇的延伸。然而，在延伸的过程中又激发了新的灵感，这些灵感大大地丰富了故事的枝干。

感谢那条有一个诗意的名字的河流——藻溪。在我行路的时候，你是我启程的灵感、中途的力量和最终的安慰。

所以，我把这部小说献给母亲，还有那条母亲的河。

《何处藏诗》创作谈

　　我一直觉得诸如"才能""灵感"之类的东西是有定量的，滥用和杂用会加速它的干涸。所以这些年来，我都小心翼翼地守护着文字的产量和用途，把偶尔萌发的书写散文、诗歌、影视剧本的冲动蛮横地压制下去，而把时间精力尽可能地安放在小说这个窄小但使我感觉舒适的文学体裁里。

　　终于有一天，被压迫了几十年的诗歌冲动在我赶往一篇新小说的途中毫无预兆地、地火似的冒了出来，让我狠狠地吃了一惊，于是就有了《何处藏诗》的构思。

　　《何处藏诗》讲述的是两个被生活逼迫到犄角的人抱团取暖的故事。这样的故事每时每刻都在我们的眼皮底下发生着，毫无新意可言。一个被生活全方位地忘却摒弃了的半老男人，一个遭遇了所有的厄运最后只能以死的方式来获取睡眠的女孩子，一个除了身体再也没有任何东西可以拿来谢恩的女人，一个被世上各样的谎言骗局练出了火眼金睛的黑人移民官……在现实生活中，他们也许不太可能相遇，即使相遇了也不太可能在彼此的生命中留下痕迹。可是诗的冲动偏偏在这一刻无法遏制地冒了出来，被我拿来做了一根线，把他们的生活交织串联在了一起。我暗暗希冀这是这个平庸故事的唯一一点新意。

其实这种抱团取暖的苦情故事一般来说很难有个好结局。在现实生活中，何跃进这样的男人大多会在长久的与世隔绝中寂寞地老去，而梅岭这样的女人大多会被郑阿龙这样的男人始乱终弃，靠微薄的施舍过着怨妇的日子。何跃进和梅岭不太可能在那桩假婚姻中陷入爱情这个危险的陷阱——她不会爱上他，更不会为他平庸的诗情感怀伤神；他也不可能爱上她，因为他不知道怎么爱，而她缺乏教他爱的动力和能力。诗这条线太柔软单薄了，它撑不起一段布满了苦难的感情。直到小说写完了，我才意识到了问题：我书写的极有可能是一段伪生活。可是我别无选择。我的眼睛看过了浓重的黑暗，我只想固执地用头撞这堵花岗岩般硬实的黑暗之墙。我总心怀侥幸地希冀着，或许有那么一瞬间，墙有裂缝，可以透进光。这样的希望，挫伤了我小说的力量，但是谁能忍得住不希冀温暖不希冀光亮呢？

在我还像海绵一样张开所有的毛孔渴望汲取知识的年代里，我遭遇了当时文坛盛行的朦胧诗。舒婷北岛顾城打开了我的眼睛，铺设了我对现代诗的审美框架。从此，我对诗歌的理解就基本定格在了"黑夜给了我黑色的眼睛，我却用它寻找光明"（顾城）这样的句子里。《何处藏诗》让我过了两把瘾：一把是诗歌的瘾，一把是希冀的瘾。从今往后，我要努力戒掉这两个瘾。戒诗歌的瘾是因为我知道了才能的边界——我永远成不了顾城；戒希冀的瘾是因为我知道了生活的边界——我永远无法替代上帝决定人的命运。我终将学会在这两道边界线里规规矩矩地生活，也许在我走向衰老，不再有激情萌动的时候。

《胭脂》创作谈

　　我平日并不是话痨，但遇上三两知己，话题一开，就会颧飞桃红，两眼放出贼光，聊到把肠子都翻到桌上为止。而人一多，尤其是遇上有爱打官腔说套话、在两种话语系统里游刃有余的人，我就变得全然无话，像一只合得很紧的蚌。我不谙熟中庸之道，不太会在话痨和蚌中间那个得体的范围里活动。这种恶习难免会反射在写作上：遇到让人心跳加剧的题材，我就会成为字痨，一写就是洋洋洒洒几十万字，明知在这个超过两千字就是自杀的微信阅读时代，长篇大论就是滞销或者自杀的代名词。可是长篇小说让我觉得舒服，就像在旷野跳舞，怎么疯都不会越过边界。而我几乎不会写短篇小说——那是一门放出去就得马上收回来，字字珠玑的绝活。出道到现在二三十年里，我写过的短篇少之又少。这六七年来，我的时间几乎都花在了长篇上，连中篇也极少沾手。

　　《胭脂》是我最近七年来仅有的两部中篇小说之一，写第一行字的时候就提醒自己不是长篇不是长篇绝对不是，要收要收啊要紧收，结果一不小心又写了七万字——这是我最长的中篇小说。

《胭脂》的灵感是一个纷乱的线团，线头来自不同的地方，其中最清晰明显的一条，来自2015年初的台湾之行。那年我应台湾东华大学和洪建全基金会邀请，作为铜钟经典系列讲座作家，来到台湾访问。在台期间，我在大剧院观看了一场名为"婚礼/春之祭"的现代舞表演。那是一场集激光技术、古典音乐和现代舞艺术为一体的视觉盛宴，令人耳目一新。后来我与舞剧的艺术总监、一位从纽约归来的现代舞艺术家成为朋友，慢慢了解到《婚礼/春之祭》的激光背景画面，取自一位台湾著名画家的油画，这出舞剧，是对这位老画家一生成就的致敬。从朋友那里，也从这位画家的纪念册里，我得知了这位老先生艰难坎坷的一生。家境贫寒的他，凭实力考上了上海美专，在刘海粟的新潮艺术思想熏陶下努力学艺。就学期间不幸身染伤寒，身无分文，命悬一线。这时他遇上了他的福星，一位到医院探访朋友的国立音专女学生。这位素昧平生的红衣女子，不仅替他支付了所有医疗费用，还一心一意地照看他，直到痊愈。他们有过一段琴瑟和谐的美好时光，却终因战乱不幸分离，从此天各一方。老人家在台湾有患难与共的妻子和家庭，但他对那位救助他于危难之中的女子难以忘怀，他的多幅油画里，都出现过一个红衣女子的朦胧形象。

《胭脂》里的人物都是虚构的，但老画家的人生和画作给了我巨大的灵感。几乎就在看见那些画的时候，小说的题目已经呼之欲出。我知道《胭脂》是个被用得很烂了的标题，极容易引起风马牛不相及的低俗联想，但我只是觉得没有一个名字能更好地表达我当时的感动。这个胭脂，不是戏子交际花脸颊上的那层红粉，而是行走在死亡隧道中的人猝然发现的一丝逃生光亮，是哀鸿遍野的乱世中的一丁点温润和体恤。是颜色，是温度，也是品质。

但是穷画家和阔小姐的故事，并不是《胭脂》的全部故事，《胭脂》中还有一些别的感动和想法，它们化成了小说的中篇和下篇。《胭脂》的三个篇章可以看成是一个故事在三个年代的延展，也可以看成是由一条共同线索串联起来的三个单独故事。

中篇的灵感来自我的童年记忆。我读小学时遇上了一个疯狂的年代，我目睹了一次规模盛大的抄家，从墙壁拆到地板，我至今清晰地记得从撬开的地板底下发现了一枚不知何年掉下去的硬币。那次抄的是我家。那天我唯一想做的，就是藏在一个捆成卷的棉胎里，什么也不看，什么也不听。这么多年过去，时代早已回归平常，我也早已被出国大潮裹挟着去了异国他乡。一直到前几年，我每每听见值勤的警车从我身边驰过，与我毫不相干的警笛声会让我缩成一团，甚至产生心绞痛。家人朋友笑话我：你到底干下了什么坏事，能怕成这样？我不想解释，说了也没人能懂，我想说的话后来就写进了《余震》那部小说里。《胭脂》里那个小女孩扣扣，和我一样见证了灾祸，她一直没有真正治愈恐惧，她只能用谎言来抵挡恐惧。即使撒谎已不再是刚需，她也无法改变自己，因为撒谎已经成为习惯，如同吃饭穿衣。

《胭脂》的下篇牵涉到了古董，那是我这几年在欧洲所见所闻的一个缩影。在欧洲有一大群做梦都想"捡漏"的华人，无论多么遥远偏僻的旧货市场，你总可以见到神情诡异双眼发亮的淘金者。有一次我在巴黎一家华人餐馆吃饭，发现那上下两层的店面里摆满了各种各样的"收藏品"。老板走过来和我热络地聊天，滔滔不绝唾沫横飞地介绍着每一样藏品：每一块石雕都是圆明园旧物，每一张旧画都是郎世宁或八大山人遗作，每一件瓷器都是大明官窑。临走时，他神情凝重地嘱咐我们一定要保密，省得有人盯上他。诸如此类的发财梦，让我不由得想起多年前我的小说《金山》里那些怀着同样梦想出洋的淘金客。日历换了很多本，但历史只是类似事件的间隔重复而已。

《胭脂》的三个篇章是在将近一年的时间里断断续续写成的，因为中间插进了《劳燕》的宣传期。一个作家从前只要码字就可以了，现在还需要站在街头吆喝。吆喝的事比码字费心神多了，所以《胭脂》被搁置了多次。现在的成品是三个篇章、三种风格。从上篇的凝重写实，到中篇的半真半幻，到下篇的荒唐荒诞，权当是三个地点的日有所见，化成了三个时段里的夜有所梦吧。